海からの呼び声

―シャチと老船長の物語―

二《に》郷《ごう》半《はん》二《じ》

目次

序章　海

紺碧《こんぺき》の海。

地球の絶え間ない鼓動を伝える波、その波を生みだす海は、すべての生き物のふるさと。

何が起ころうと海は、その穏《おだ》やかで慈《いつく》しみに満ちた姿を変えることはない。

海から生まれ、多様《たよう》に育てられてきた地球の子供たちを、変わらぬ眼差《まなざ》しで優しく守りつづけてきた。

そして海は今も、また今からも、海がそこにある限り、どのようにして生まれてきたかを問うこともなく、子供たちを分け隔《へだ》てなく見守りつづけていく。

すべての生き物は海で生まれ、生きる環境に合わせて驚くほどの適合性を発揮し、無数の多種多様な姿へと進化をつづけている。

胎児《たいじ》は母親の子宮《しきゅう》内に貯えられた羊水《ようすい》の中で、外部の刺激等から守られて、平和の中で安心して育つ。

羊水《ようすい》の中で手足を自由に動かすことで、筋肉や骨格が健全に作られていく。羊水の成分は海水の成分とほぼ同じ。水素、酸素、ナトリウム、塩素で構成されている。

因《ちな》みに言うと、他の哺乳類《ほにゅうるい》の生き物たちも胎内《たいない》では人間と同じ条件下にある。

また胎児の成長も、ある時期までは人を含めた多くの生き物たちは、胎内で同じ進化を辿《たど》ることが知られている。

これが生の起源は人も他の生き物たちも同じ、ということの証明。

羊水は即ち海。海はすべての生き物たちにとって、ふるさとにも等《ひと》しい。

海はまた途轍《とてつ》もなく広大。地球の表面積の約七十一％を占め、陸地の約二・四六倍という広さを有する。また深さも平均すると三千七百三十メートルほどもあり、この地球には膨大《ぼうだい》な水量が存在している。

このことが地球を「水の惑星」と称《しょう》する所以《ゆえん》になっている。

すべての生き物は海で誕生し、そして進化していった。

ある生き物たちは陸上へと生きる場所を求め、その結果として地球誕生後四十六億年目にして、現在のような花々が地上で咲き乱れ、驚くほどの生物の多様性に恵まれた自然環境が生まれるに至っている。

現在の海にも微生物《びせいぶつ》から無数の魚類や海獣、そして大型のクジラなどに至るまで、膨大《ぼうだい》な種類、数の生き物たちが生息している。

また暖流や寒流の海流循環《かいりゅうじゅんかん》等により、人類を含めた陸上の生き物たちを支えるために、海は限りのない無償の愛を、生きとし生ける物たちに施《ほどこ》しつづけている。


この広大な海のどこにでも現れ、好奇心が強く高い知能に恵まれ、遊びを楽しみながら生きている生き物がいる。英語名では「キラーホエール（クジラ殺し）」と呼ばれる、人間と同じ哺乳《ほにゅう》類のシャチだ。

一般的に冷水を好むが、世界中の海に生息している。餌になる獲物が多いことから、その多くは極地付近の沿岸に住むことが多い。

生息域としては、カナダのブリティッシュコロンビア州、ノルウェーのティスフィヨルド、アルゼンチンのパタゴニア等がよく知られている。

地球上で最も多く分布する哺乳類の一種と言われ、マイルカの仲間では最大の種である。

オスは六メートル前後、体重は三千六百―五千四百キロ。メスは五メートル前後で体重は千四百―三千六百キロほど。

平均寿命はオスで三十―五十歳、メスで五十―八十歳。百五歳まで生きたシャチも報告されている。

食物連鎖の頂点に立つシャチの最大の死因には、人間が関係したものが多い。プラスチックごみや釣り針等の飲み込み、漁網に絡んでの溺死《できし》、漁船との衝突などなど。

また食性としては、小さいものでは魚、イカ、海鳥、ペンギンなど。また大きなものでは、アザラシ、オタリア、イルカ、ホッキョクグマ（泳ぎが得意なためにアザラシを求めて泳いでいる時に襲われる時がある）。

英語名キラーホエール（クジラ殺し）の通り、クジラやサメもシャチの獲物になる。シャチの狩りの仕方は、高度な知能を有するために無数に存在する、
例えばその狩りの一つの方法として、水面下を遊泳していた三メートルほどのサメを、真下から攻撃して、一撃で仕留めるという、圧倒的な凄業《すごわざ》が目撃されている。

かと思えば、一方では口に入れた魚を吐き出し、カモメをおびき寄せ集まってきたカモメを襲うなど、人間顔負けの頭脳的な狩りの例なども数多く報告されている。

高度に進化した頭脳が、シャチが生きることを容易にし、遊びを覚えさせ、好奇心を有する生き物に変化させている。

シャチの好奇心はきわめて旺盛《おうせい》で、興味を持ったものには近寄って確かめる習性がある。

だがシャチが人間に危害を加えたという行為は報告されていない。ごくたまにシャチの好奇心の強さにより、弾《はず》みで人間にケガを負わせたという報告はある。

もしシャチが人間を獲物と見なして襲ってきた場合、人間が逃げおおせることは不可能。それほどの知力と圧倒的な力をシャチは有している。

ただ仲間のシャチに危害を加えた人間に報復したとみられるケースは報告されている。

シャチはそれほどに、愛情に富んだ社会性の強い、また仲間意識の高い生き物。

シャチが漁網ごと魚を食いちぎる動画も撮影されているが、これなどはシャチが生きていく上で必要なこと、一概に責めるわけにはいかない。

人間と同様にシャチも、この広大な海で生きる権利を有している。

数頭から十数頭ほどの群れ（ポッドと呼ばれる）を作り、多くの場合、母親を中心とした血のつながった家族のみで群れは構成されている。

家族は独自の通信手段を持ち、それにより情報を互いに交換し合っている。この通信音は、群れの中で親から子へと代々受け継がれていく。

ある特定の海域では、年に一回幾つもの家族が百頭以上の群れを形成し、「スーパーポッド」と呼ばれる行動をしていることも知られている。

この行動は、「集団お見合い」とも称され、複数の家族が交配することで、様々な弊害《へいがい》を生みだす近親交配を防ぐ手段だと考えられている。

生まれたばかりの子供に対する、気配《きくば》りの行動も数多く観察されている。

母親が餌取《えさとり》に専念している間、他のメスが小さな子供たちの面倒を見る「ベビーシッティング」の行動や、自分が取った獲物を子供たちに分け与えたり、また子供たちに狩の練習をさせるなどの行為も数多く報告されている。

二千十八年には、生後間もなく死んだ我が子を、三日間にわたり浮き上がらせようとしていた、母親の悲しい姿も報告されている。

子供を想う母親の心は人間もシャチも等しく同じなのだろう。

シャチには定住型、回遊型、沖合型の三タイプが知られている。

カナダ、ブリティッシュコロンビア州沿岸に住む定住型の群れに、一頭のまだ若いメスのシャチがいた。

このシャチは以前から、船体が緑色に塗られた一隻の小さな漁船に興味を抱いている。

シャチとしても無用な摩擦《まさつ》は避けたいので、最初は遠くから見ているだけだった。が、このシャチは特に好奇心が強いようで、より近くに寄ってきて見るようになった。

真っ白な髪を持つ一人の老人が漁船の手すりに両手を置き、夜明け前の暗い海をずっと眺《なが》めている姿に、何となく興味を惹《ひ》かれたからだ。

その老人に特別に何があるというわけじゃない。でも老人から醸《かも》し出される何かが、このシャチの持つ好奇心を刺激しているようだ。

クリスと呼ばれるこの老船長は、船に乗ってもう三十年余りを過ごしている。

魚のことなら、海の上のことなら大体は分かる。今は沿岸漁業に従事しているが、若い頃には、何か月も海の上で暮らす遠洋漁業の漁船の船長をしていた。

だてに六十の半《なか》ばまで歳を重ねてきたわけじゃない。大概《たいがい》の苦労ならもうし尽している。

この船長は、一度見れば忘れようのない独特の風貌《ふうぼう》を持っていた。

まるで浅黒く変色した古い紙をしわくちゃにもみつくし、それを無理に引き延ばしたような顔。長年の苦労、そして苦悩をしのばせるように、縦横《じゅうおう》に細かい皺《しわ》が走っている。

だが深い目の色は知性をうかがわせ、引き締まった口元は意思が強いことを物語っている。体は肉をそぎ落としたように細身で、歳を重ねているにも関わらず、鋼《はがね》のような筋肉を有している。

長年の船の生活で鍛えられた体は赤銅色におおわれていた。そんなクリス船長が、時折り自分の船に近寄ってくるシャチに気づかないはずがなかった。

シャチは悪さをするような生き物じゃない。悪さをしないのであれば好きにさせておく。

若い頃にあったクリス船長の人並みの好奇心は、歳を重ねるにつれ、いつしか水平線に沈む夕陽のように海の中に消えていった。

歳を重ねることは、楽することをおぼえることだ……、と彼は思っている。

今のクリスには楽のできる、この無関心という世界から出ていくつもりはなかった。

何故シャチがこの船に興味があるのか、クリスに分かるはずもなかった。だがクリスに分かっていること、それはどんな生き物にも、好奇心や個性があるということ。

それは身近な犬や猫でも同じ。

犬や猫でさえ、一匹として他の仲間と同じ行動をする個体はいない。

特に子猫や子犬の場合、好奇心を持って動き回る子供の方が、外部からの刺激を受けることもあり成長が早くなる。

成長が早いということは、野生では、生き残る可能性が高くなることを意味する。だから好奇心は、野生では生き残るためには必要な要素。

その子猫や子犬の行動を理解することは難しいことじゃない。観察していれば分かること。だから注意深い飼い主であれば誰にでも理解できる。

犬や猫以上に賢いシャチが、興味を持てば近寄って来る、というような好奇心の強い生き物であったとしても、なんら不思議はない。

それにしても、このシャチほど好奇心の強いシャチはいない……、クリスはそう思っている。何に対しても無関心なクリスだったが、このシャチに対して湧き上がってくる親近感だけは別物のようだ。

（ま、いいか……）

このシャチを見るたびに、いつもの言葉をつぶやいて、船縁《ふなべり》を二、三度軽く叩いて挨拶している。

このシャチが、まさか、絶体絶命の窮地《きゅうち》に追い込まれた自分の命を助けてくれるなどとは、また複数の人間の運命を変える行動をとるなどとは……、またこのシャチにしても、まさか自分がそんなことをするなどとは……。

この時には、互いに夢にも思ってはいなかった。

第一章　バリー・ウェストン

海は鈍色《にび》に染まりゆっくりと揺蕩《たゆた》っている。厚い雲の向こうに隠れている太陽は出てくる気配《けはい》もなさそうだ。北国の見なれた風景。

昔からこんな風景はあった。最近はこんな景色《けしき》が増えたような気がする。

（地球が不機嫌になっているのかなぁ……？）

男はカナダ、ブリテッシュコロンビア州にある、古い港町の岸壁の上に立ち、太平洋につながる海を眺《なが》めながらふと、そう思った。

男の名前はバリー・ウェストン。

半年前に金融の世界から身を退《ひ》いた。巨大金融企業のオーナーとして二十年余りを、権勢をふるってニューヨーク、ウォール街の金融業界で生きてきた。

普通の人々が見ることのできない世界で、また普通の人々が考えられない世界で仕事をしてきた。

仕事をするには陰の舞台で動くほどに実効が上がる。

表舞台は社長や他の役員に任せて、自分は仕事の成功確度や利益幅を上げるために、目立たない裏舞台での役割を演じてきた。

それだけに人々のよそ行きの顔で話す言葉とは裏腹《うらはら》の、隠された本音の部分のみを凝視《ぎょうし》して生きてきた人生でもあった。

六十代半《なか》ばという、オーナーとしての職分《しょくぶん》を考えると、まだ若い年齢で身を退《ひ》いた。頭脳と身体にはまだまったく衰えはない。

（五体が健全なうちに異《こと》なる世界を味わいたい……）

その思いで引退を決めた。

それを味わうだけの金は使いきれないほどに持っている。引退した日が得意の絶頂時、と言っても過言ではなかった。

だが引退後、しばらくして気が付いた、どうも勝手が違うことに、どうも見ていた世界が違うことに。人々の多くは、そう大きな不満も持たずに、生きていくことに大きな問題はないはず……、そうバリーは思っていた。

だが身を退いた世界は、バリーが見たことのない世界だった。

それまでのバリーは、新聞も雑誌もすべて経済関係、テレビも金融番組。私生活はすべて仕事がらみ。

かつて若い時には妻がいた。一途《いちず》に愛して一緒になった最愛の妻だった。結婚して半年後に航空機事故で早世《そうせい》した。

サンフランシスコで挙式する弟の結婚式にバリーは仕事の都合で行けなくなった。その彼の代理で出席するために向かう途中の、旅客機の墜落《ついらく》事故で妻は不帰《ふき》の客になった。

自分の所為《せい》で愛する妻を失った衝撃は、筆舌に尽くしがたい苦痛をバリーに与えた。その苦痛から逃れるために、バリーは全精力を仕事に傾けた。

時間に余裕ができると妻のことを思い出す。それがどうしようもない苦痛をバリーに与える。それがまたバリーを仕事へと駆り立てる。

元々鋭敏な頭脳を持つバリー。長い間のこの繰り返しで、競争相手のいない世界にバリーが到達するのに、そう長い時間は必要なかった。

四十代の半《なか》ばで、巨大企業のオーナーにまで登り詰めた背景には、若い時の妻の死が深く関係していた。

そして彼が外の世界を、よく知らずに生きてきた、という理由もまた、この最愛の妻の死にあった。妻の死によって、わき目もふらずに一途《いちず》に仕事にのめり込んできたからだ。

バリーは他の多くの実業家のように、独善的で、名誉や自分の利益を最大の目的とするような輩《やから》とは一線を画《かく》していた。

彼はただ会社の利益のため、そして会社を支えてくれる従業員とその家族の生活のために、その能力を最大限に発揮してきた。

その私利私欲《しりしよく》とは無縁な姿勢が、有能な多くの人材を彼の元に呼び寄せ、それがまた、バリーをより大きな存在へと押し上げていた。

妻を亡くした後、何度も再婚の話はあった。が、愛した妻を越えられる女性にバリーが巡り会えることはなかった。

六十歳を越えた頃からだった、自分自身に疑問を持ち始めたのは。それは、

（こういう人生でよかったのだろうか…　…？）

という疑問だった。

ふっと気づいた時、妻の死はすでに、記憶のはるか遠くへと去っていた。わき目もふらずに働いてきたバリーに残されていたもの、それは金と名誉だけだった。

何かが足りなかった。なにか一番大事なものが欠けているような気がした。その、充足感とは程遠《ほどとお》い虚《むな》しい心が、

（こういう人生でよかったのだろうか…　…？）

という思いを生みだしていた。

バリーは十歳の時に母親を亡くしている。それ以来父親に育てられてきた。父親は、

「いい学校に入れれば、いい会社に就職できる。そうすれば、将来幸せで楽な暮らしができるようになる…　…」

そういうことを盲目的に信じるような、どこにでもいるような親の一人。十歳の時から父親の手で育てられているのだ、バリーはその父親の影響を全身で受けて育った。

だから高校、大学ではほとんどの科目でAの評価を受けていた。その甲斐《かい》あって最大手の投資銀行への就職が決まった。

就職後間もなくだった、父親が真の世の中の仕組みには暗い、ということを知らされたのは。いい会社に就職すれば、幸せな暮らしが待っている……、なんて話は与太話《よたばなし》（いい加減な話）もいい所、と心底《しんそこ》バリーは思い知らされた。

いい大学に入って、いい会社に就職できた人間の多くが、実際には競争というふるいにかけられて奈落の底に突き落とされていく。

こういう多くの光景を目の当《ま》たりにしたバリーは、本当の生き残りをかけた生存競争は社会に出てから始まる、ということを痛切に学ばされていた。

多くの親は、実際のきびしい真のビジネス社会を知らない。だから自分が言われてきたことを、深く考えもせず、場当たり的に子供に話すだけ。

洋の東西を問わず、真のビジネス社会では過去は一切《いっさい》無関係。あるのは現在と未来のみ。過去の栄光にしがみついて生きようとする輩《やから》もいる。

過去の輝かしい学歴にしがみつき、それを吹聴《ふいちょう》する輩《やから》に居場所は与えられない。蔑視《べっし》され、日の当たらない場所へと追いやられるだけ。

そういうきびしいビジネス社会では、周囲は自分と同等、またはより能力のある者たちだけが競争相手。過去にかまけている余裕はない。

現在と未来のみを考え、その中でどのように自分の能力を発揮し、またどのように生きていくのか、そのことを通してのみ、自分の真の人生が見えてくることになる。

そういう俗物的《ぞくぶつてき》な父親の思い出とは別に、母親に対する思いは、早くに死に別れた、ということもあるのだろう、父親の陰に隠れている人……、という印象しかなかった。

だが、その印象の薄い母親のバリーに残した一言が、もう五十年以上も前の言葉になるが、何故かバリーの耳の奥に刻まれて残っている、

「地球は生きているの……、でもいま熱を出して苦しんでいるの……」

何かの折りに母親から聞いた言葉。

母親が亡くなる前の言葉だったような気がする。十歳にもなっていれば印象に残った言葉を覚えていても不思議じゃない。その言葉を聞いた時に、

「ママは何を言っているんだろう……?」

という思い、そして違和感を持ったことは、今もはっきりと覚えている。

などと、普段《ふだん》の生活の中では、考えもしないようなことを言われたからだろう。

「地球は生きている……」

色々な母親の表情は思い出せる、でも言葉については、これ以外に思い出せるような言葉は、その後いくら考えても出てはこなかった。

それだけ、この言葉の占める衝撃の度合いが大きかった、ということなのかもしれない。

半世紀以上も前の言葉、そんな言葉とは異次元の世界でバリーは生きてきた。だから何十年も思い出すことなく生きてきた。

それが六十歳を過ぎた頃、

（こんな人生でよかったのか……？）

と、ふと思い始めた時に、何故かは分からないが、この母親の言葉が、ごく自然に頭の片隅《かたすみ》によみがえってきた。

だがそれは、単に懐《なつ》かしさとともに思い出した母親の言葉、というだけであって、それ以上の意味も、重みも、その時には、バリーにもたらすものじゃなかった。

この言葉が千鈞《せんきん》の重みを持って引退後のバリーに圧《の》しかかってくるなどとは、この時のバリーは夢にも思ってはいない。

だから当然その言葉は、引退することとはなんの因果関係もなかった。

引退の真の理由は、人生が終わる前に「異なった世界を見てみたい……」との曖昧《あいまい》な欲求《よっきゅう》だけだった。それをバリーは「真の贅沢《ぜいたく》」と捉《とら》えていた。

多くの場合、実業家の引退には、「落魄《らくはく》（落ちぶれる事）」という言葉が付いて回る。

バリーの場合、引退は「勝利者の証《あかし》」と捉《とら》えていた。引退宣言後、周囲の羨望《せんぼう》の眼差《まなざ》しがバリーに寄せられた、その眼差《まなざ》しがそれを証明していた。

だがバリーのその誇らしい思いは引退後二週間とはもたなかった。それは皮肉なことに、束縛《そくばく》から解放された「時」によってもたらされた。

企業のオーナーでいた時は、オフィスと自宅の往復、常に何人かの秘書がバリーの世話をしている。海外の客先との面談の際でも、会社所有のプライベートジェット機が世界の何処にでもバリーを運んでくれた。

自分で自由に使える時間はなかったが、長年の習性でそれを不自由に思うという感覚もなかった。バリーの感性はすべて仕事に向けられていたからだ。

弟夫婦や姪《めい》や甥《おい》と過ごす時間はあったが、それはバリーの世界の中での出来事。そしてそんなバリーを眩《まぶ》しい眼差《まなざ》しで見てくる彼らの目にも、バリーは、自分に対する誇らしさを感じていた。

引退はそんな生活から解放されることを意味する。

彼は引退して二日目に、時を自由に使うために一人でボストンへの旅に出た。

まだ妻が存命中のはるかな昔に、霧雨《きりさめ》に煙《けむ》る古都ボストンの街並みを、二人でゆっくりと歩いてみたい……、と願っていたからだ。

あれから四十年近くの星霜《せいそう》が流れた。少し遅れてしまったが、バリーはその妻の願いを叶《かな》えようとしていた。妻の写真は常に肌身《はだみ》離さず持っている。

だが、そういう懐古《かいこ》的な感情は長くはもたなかった。

ボストン到着の初日、ホテルでテレビを見ていた。

ただソファーに座り、ブランデーを飲みながら、漫然《まんぜん》と見ていただけだが、画面を通して人々の生活の実体が、遠慮《えんりょ》会釈《えしゃく》もなくバリーの頭の中に入ってきた。

漫然《まんぜん》と見ていても、人々の暮らしのきびしさは伝わってくる。そして何よりも、日中に表を歩いている時に感じる、この暑さだ。

ほとんどを秘書任せの日程で動いていた。町を一人で歩く、また買い物をする、という普通のことも、特にここ数年なかった。

当然、こんな暑さに直接晒《さら》されたことなど記憶にない。

このきびしい現実世界の実体がバリーの懐古的な感情を、跡形《あとかた》も残らないほどに激しく吹き飛ばしていた。

大物の実業家でも同じ人間だ、感じる心はある。多くの貧しい人々がきびしい現実に追い込まれ、自殺を図っていることなど、知らなかったわけじゃない。

だがバリーにはその世界を詳しく知る必要はなかった、また彼の暮らす環境では、そんな世界に思いを馳《は》せるという機会も生じなかった。

いわゆる勝ち組という社会の中で生きていた。その社会が、バリーの唯一の社会だったからだ。

戦争や地球温暖化、巨大な自然災害なども、テレビでは盛《さか》んに報じられている。当然バリーも熟知《じゅくち》している、だがバリーの場合は利益を上げるための有力な商材として。

戦争や地球温暖化では有力企業の株の売買で大儲《もう》けをした。自然災害なども、食糧価格の高騰、食料品の買い占めなどにより、ここでも大きな利益を上げている。

だが今見ている景色は、金儲《かねもう》けを追求する大企業の側《がわ》ではなく、その犠牲になっている弱者の側《がわ》からだった。

彼の住んでいた環境は、バリーのような人々を、その環境を維持する厚い壁で守っている。が、引退することは、否《いや》も応《おう》もなくその壁の外へ出ることを意味する。

世間でいうところの識者《しきしゃ》の一人であったバリーには、当然見えていたはずの現実世界の真実が、その壁のために全く見えていなかった。

「いい学校に入れれば、いい会社に就職できる。そうすれば将来幸せでいい暮らしができるようになる……」

その父親の言葉を盲目的に信じていた頃から、壁の向こうで暮らしていたような気がする。だから本当は大事なことであっても、それに気づかずに生きてこれたのだろう。

バリーの心の奥底には、自分でも気づいていない優しさが息づいていた。もしこれが無ければ、妻を一途に愛するということなど、決してできるはずもなかった。

バリーはホテルのテレビを通して、今現実世界に直面していた。引退前には予想だにしなかった世界だった。

現実世界では、大国や資本家たちに搾取《さくしゅ》されつづけた、貧しい人々は戦争でも命を奪われたりして、無数の難民となり世界を放浪している。

また人間の強欲《ごうよく》のために行き場を失った生き物たちは、絶滅の危機に瀕《ひん》しながら救いを求めて沈黙の悲鳴を上げつづけている。

バリーも気づかなかった彼の優しさが、バリーをこの非情な現実世界へと導いていた。

バリーの見たかった「異なった世界」は、壁の向こう側のおとぎ話の世界にしかないということを、バリーはこの小雨に煙《けむ》る街で思い知らされていた。

そしてこの現実世界は皮肉なことに、あれほど彼が望んでいた自由な「時」によってバリーにもたらされていた。

この現実世界に馴染《なじ》むには多少の時間がかかると思っていたが、元々強靭《きょうじん》なバリーの頭脳は鋭く切り替えが早い。整理されないままに襲いかかってくる、大量の情報の波を無意識のうちに手際《てぎわ》よくさばいていった。

十日ほどで現実に対するバリーの違和感は消えた。

この十日ほど脳が酷使されていた所為《せい》かもしれない、違和感が消えるのと時を同じくして、彼の頭に、昔聞いたことのある母親の言葉がよみがえってきた。

「地球は生きているの……、でもいま熱を出して苦しんでいるの……」

以前にもこの言葉を思い出したことはある。

ただその時は、言葉を思い出すだけだった。その言葉に深い意味を感じることなど、まったくなかった。無論、バリーの引退とも無関係だった。

だが、引退後にこの言葉が再びバリーの脳裏によみがえってきた、でも今度は重大な意味を持って。

バリーはまだ、ボストンのホテルに滞在していた。現実世界に直面して湧き上がってきた深い霧のために、彼にはこれから歩いて行く道が見えなくなっている。

文字通り、バリーは五里霧中の世界にいた。この濃い霧が晴れるまでは……、と考え、思念を集中させ、これからの道を探すべくホテルの部屋で心の中の旅をつづけていた。

まさかこんなことを考えるなんて……、旅に出る前には夢想だにしていなかった。そう思うバリーの心の中に唐突に、ある思いが湧き上がってきた。

(この霧を晴らすカギは、あのママの言葉にあるんじゃないのか……)

そう思ったバリーは再度、母親の言葉を思い出し、口に出した、

「地球は生きているの……、でもいま熱を出して苦しんでいるの……」

バリーは鋭い切れ味を持つ頭脳の持ち主。その彼が五里霧中の世界で行方を見失っている。彼は再度この言葉を咀嚼《そしゃく》し、また長いこと沈思黙考《ちんしもっこう》していた。

やがて彼は、この言葉から、ある思いを引き出していた。それは、

(ママは、このきびしい現実世界を予見していたんだ……)

という思い。

そしてこの思いは、母親に対するバリーの今までの印象を一変させていた。

父親の陰に隠れた存在、ぐらいにしか思えなかった母親が、それとは真逆の存在にバリーには見えてきたのだ。

バリーは母親の言葉を通して、彼女の地球に対する意識の深さ、洞察力の鋭さに対して驚嘆《きょうたん》していた。それと共に、母親に対する深い畏敬《いけい》の念が心の奥底から湧き上ってくるのを抑《おさ》えきれないでいる。

五十年以上も前の母親の言葉。あの時代に、ここまでの深い洞察力を持てる人はほとんどいなかったはずだ。

結果から答えを導き出すのは、いともたやすいこと。だが未来を正しく予見することなど、できる人は、そう多く

はいない。

それを自分の息子に言い残していた。自分の短い命を予知していたのかもしれない。

母親の頭の中には近い未来に起こることが見えていたのだろう。バリーは頭の中で母親の言葉を、何度もくり返し咀嚼《そしゃく》しつづけている。

やがて彼女にみえていた世界が、バリーにもおぼろげに見え始め、なおも考えつづけるうちに、やがて母親が見ていた世界が、バリーにもはっきりと姿を現してきた。

人間の体には、外部の環境が変化しても、身体内部の働きを正常に保とうとする能力が生まれついて備わっている。色々な病原菌やウィルス、またストレス等に襲われた時、身体内部の働きを正常に維持するために動き出す、生き物の持つ防衛能力がそれだ。

具体的に示せば、体内に侵入した病原菌や異物に対して、血液の白血球がすぐに迎え撃ち、それらの異物を貪食《どんしょく》し、分解することで体を守る。発熱とは、白血球が体を守るために、それらの病原菌や異物と闘っている時に起こる症状。

地球上のすべての命は、人間が存在するために必要不可欠なものであり、人間が健全な生活を営むために必要な空気や水、土壌を提供し維持している。

だが人間によるそれらの消費は、地球が生産できる範囲のすでに六十パーセントを越えているといわれている。

これ以上の人間による消費は、地球全体のバランスを後戻りできないほどに傷つけるので、全体の調和を守るために、地球が大災害を発生させ人間の数を調整しようとしている。人間は今、地球の生態系を破壊し、その結果自ら滅《ほろ》んでいく病原菌と、同じ存在になっているのではないのか……？

このことが母親の言葉に凝縮《ぎょうしゅく》されている……、そしてこのことを正しく理解することは、人間自身が生き残るためにも必要不可欠なこと……。

それがバリーに見えてきた、母親の言葉が暗示する世界だった。

地球環境を語ることにおいては諸説ある。中には未《いま》だに地球温暖化さえ認めない説もあるようだ。が、今のバリーには、

「地球は生きているの……、でもいま熱を出して苦しんでいるの……」

という母親の言葉が、現状の地球環境を表現する言葉としては、最も得心できるものになっている。

バリーはいまこの言葉を遺《のこ》した母親に深い畏敬《いけい》の念を抱《いだ》いている。

こうした思いにまで至った、彼女の足跡を、また生きざまをたどってみたい、という強い思いに駆られた。

だが、母親は十歳の時に亡くなった。母親の姉や兄たちも、もうすでにみんな旅立っている。それをたどる術《すべ》はすべて絶たれていた。

バリーが金融の世界で頭角を現してきた三十代前半に、ふと父親がバリーに漏らした言葉を彼は覚えている。

「やはりお前にはママの血が濃く流れているのかもしれないな……。ママは大学で物理学を学び、学内でもっとも優秀な学生だった……」

父親は母親のことをあまり話さない人だった。

その父親がこの言葉を話した時は、嬉しそうに目を細めて話してくれた、それだけにこの言葉はバリーの記憶に強く残っていた。

母親はいつも背筋をピンと伸ばして、バリーの目をしっかりと見つめて話してくるような女性。今思えば両極端にあるような夫婦だった。

他人には窺《うかが》い知ることのできない絆《きずな》が二人の間にはあったのかもしれない。

この父親の言葉は、バリーに母親を理解させるのに大きな助けになっていた。

物理学とは本来、物の道理を学ぶ学問のこと。換言すれば自然にある道理を研究することだ。当然、自然にある道理から外《はず》れればどうなるかも研究の対象になる。

だが五十年以上前の母親の言葉だ。

半世紀後の現代で大災害が頻発《ひんぱつ》している惨状を、どこまで当時の母親が見通せていたのか、バリーにも確信は持てなかった。

五十年前と言えば、人間の科学が深刻な産業公害を生みだしていた時代。

フロンガスがオゾン層を破壊し、プラスチックのゴミ問題も将来の深刻な危険性が指摘されていた。酸性雨や光化学スモッグに代表されるような大気汚染も深刻化し、鉛害等の公害病も広く知れ渡り、生活排水のために全国の河川《かせん》が泡まみれになっていた時代。

人間の科学が、無垢《むく》な人々を苦しめる多くの産業公害を生みだし、この時もいつものように経済が優先され、問題を根治するための対応策が取られることはなかった。

人間の過《あやま》ちの基本が是正《ぜせい》されないのだ。当然の結果として、この問題が次元の異なる深刻な気候変動へとつながっていくことは時間の問題であった。

母親は専門分野の問題として、当時の人間が引き起こした産業公害の深刻さを知悉《ちしつ》していた。であれば、次に人間が行きつく先を見通していたとしても、なんの不思議もない。

優秀な物理学の学生であった母親の頭脳が、当時の産業公害の深刻な実体を目《ま》の当たりに見せつけられていたのだ。その次にくる人間に大災害をもたらす、気候変動の予測にまで行きついた、というのは、決して「思い付き」、という偶然の産物じゃなかった……、とバリーは思っている。

道理を追求する彼女の中では、現在のような大災害に見舞われるような時代の到来は、必然、確信に近いものだっ

たのだろう
だから未来を生きる我が息子に言葉を遺《のこ》した。

「地球は生きているの……、でもいま熱を出して苦しんでいるの……」

母親のこの言葉を通してバリーが感じるものは、人間への深い愛情。

自然を大事にする、生き物たちを絶滅から守る、ということは、すべて人間が生き残るために必要不可欠なこと。

どれほど人間の科学が進歩しようと、地球の持つ自然のバランスを崩しては生きていけない。

科学が人間に、空気を水を土壌を、提供し維持しつづけるのは不可能。他の生き物たちと共存して初めて人間にも、平和に生存できる未来が生まれる。

この言葉は、現状の環境問題を色々な角度から検証しているバリーの中では、母親から遺《のこ》された遺言《ゆいごん》に等しいもの……、というように変化してきている。

結局、バリーは二月《ふたつき》余りをボストンのホテルで過ごすことになった。その間、何日もボストンの図書館に通い、様々な文献を通して母親の言葉を検証した。

六十五年という豊富な年輪を刻《きざ》み込んだバリーの頭脳は、バリーに自分の思考に間違いがない、という確信を抱《いだ》かせている。

「異なった世界」を見たいと思って早い引退を決意したバリー。それを求める旅の途中で濃い霧に覆《おお》われて道を失ったバリーだったが、その霧が吹き払われて見えてきた「異なった世界」は、引退前に想像したものとはまるで違った世界。

それは現実という名の、できれば目をそむけたくなるような真実の世界だった。

知らなければ、それなりに幸せだったのかもしれない。でも知った以上知らないふりはできない世界でもあった。母親の言葉がバリーの背中を押していた。

　バリーは大きくため息を吐き出すとボストンの街を離れた。

　三か月後、バリーは西海岸のシアトルのある町にいた。

　若い時に一緒に働いたことのある、ロッド・スタイナーという古い友人の家を探していた。小さい家というのは聞かされて知ってはいたが、なかなか見つからない。

　左手には彼の住所を記した紙がしっかりと握られている。

　ボストンを離れたバリーはニューヨークに戻った。母親から残された遺言《ゆいごん》に沿って社会を少しでも変えようと思ったからだ。

　社会に影響力を持つ友人が数人ニューヨークには住んでいる。その中でも親しい関係にあった投資家のサイモンをバリーは訪問した。

　突然の訪問にもかかわらず、サイモンは喜んで迎えてくれた。自然環境の話をはじめたバリーがサイモンの正体を見抜くのに、そう長い時間はかからなかった。

　サイモンがほほ笑みを絶やすことはなかった。が、サイモンの内心には、

（何しに来たんだ、この男……、こんな話、時間の無駄だ、早く帰ってくれ……）

　という思いが湧き上がってきている。

　サイモンにとって、バリーは金もうけに役立つ男、としての価値しかなかった。バリーの仕事も、相手の心の裏側を読んで利益を出すという仕事だった。

　サイモンの隠された心情を読むことなど、なんの雑作《ぞうさ》もない。内心を読み取ると、バリーは理由をつけてごく短時

間でサイモンの屋敷を辞した。

乾いた言葉をいくら交わしても無為《むい》な時間が過ぎるだけ。ふと振り返ると彼が二階のバルコニーからバリーに手をふって見送っている。

(もう二度と会うこともあるまい……)

そうつぶやきながら、バリーは車のドアを開けると運転席に体を入れた。

他の友人も同じようなものだった。バリーの友人はすべて利害関係の上に成り立った、友情とは無縁のもの。だがバリーに彼らを恨む気持ちはなかった。

逆の立場であれば、多分自分も同じことをするだろう……、と思ったからだ。

ボストンで母親の考えを理解するまで、自分でさえも二か月余りを要した。

(そういう経験のない輩《やから》に、自然環境の重要性を説《と》いても無駄……)

彼らには世界が見えていると思っている。だが彼らに見えているのは、物欲が支配する狭小な世界だけ。彼らも、

「いい学校に入れば、いい会社に就職できる。そうすれば将来幸せでいい暮らしができるようになる……」

そういう環境の中で育てられてきた。彼らに見えているのは、小さい頃から親から教えられ、無意識のうちに信じてきたその世界だけ。

例え挫折があったとしても、その世界の中での挫折。

子供から大人になるまで、その環境の中でしか考えられず、従ってその世界しか見えていない。真実の世界は、その外側にある。

バリーでさえも還暦《かんれき》の歳を越えて後《のち》、初めて母親の言葉を通して真実の世界へと引きずり出された。その世界しか見えていない彼らを責めることはできない。

これがバリーが三か月の間、スモッグにかすんだ灰色のニューヨークで動き回り、疲れ切った挙句《あげく》の、何とも寂しい結論。

一人だけの闘いになる……、そう覚悟せざるを得ない結論になった。

バリーには若い時に経験した、一服《いっぷく》の清涼剤のような清々《すがすが》しい思い出があった。その思い出が、ニューヨークのよどんだ、疲れ切った日々の中でよみがえってきていた。

それは最愛の妻が航空機事故で亡くなった時のこと、悲しみのあまり、バリーには何も手がつけられなかった。仕事は待ってくれない。顧客《こきゃく》は投資銀行で資金を運用するために虎の子の資金を預けている輩《やから》だ。利益を確保するために連日問い合わせの電話がくる。

こんな時、誰も代わりに応対してくれる者などいるはずがない。「池に落ちた犬は溺《おぼ》れるまで叩け」というのがこの金融社会の常識だ。周りの者みんなが競争相手。

その時に不眠不休でバリーの代わりに顧客に対応してくれたのが、同僚のロッド・スタイナーだった。

今思えば、あの時がバリーにとっては、彼のビジネス人生で最大の危機だった。

あの危機を乗り越えられたことで、会社からチャンスをもらい、そのチャンスを生かし、最終的に巨大金融企業のオーナーにまで登り詰めることができた。

大袈裟《おおげさ》な表現ではなく、ロッド・スタイナーはビジネス社会でのバリーの命の恩人だった。謝礼をしようとしたが、

「あんなことは、人であれば誰でもすることだ。君でも同じことをしたと思うよ、バリー。僕への借りだとは思わないでくれ……」

と言われ、謝礼も受け取らなかった。

ロッド・スタイナーはあのように言ったが、バリーには、あれ以来、一人としてロッド・スタイナーのような高潔《こうけつ》

な人間に、バリーの住む社会で出会った記憶がない。

ロッド・スタイナーは、それから間もなくして、志《こころざ》していた画家への道を進むためにウォール街から去っていった。変わった男だった。が、不運なことに画家としては名を成せなかったようだ。画家への転身が遅すぎたのかもしれない。

何故かは分からないが、ニューヨークで心を折られている時、もう三十年以上も会っていない彼の笑顔を思い出し、バリーは無性に会いたくなった。

乾いた心が雨を欲しがっていたのかもしれない。

薄暗くなった夕景の中を同じような場所を探して、グルグルと歩き回っていたバリーだったが、ある小さな家のドアが突然開くと三歳ほどの女の子が出てきた。

バリーが見ると女の子はバリーに近づいてきて、バリーの手を握ってくれた。家のドアが再び開いた。そこには見覚えのある顔があった。

「バリー、元気そうじゃないか……」

そう声をかけてきたのは、探していたロッド・スタイナーだった。

三十年数年ぶりだ。面影《おもかげ》が残っているか心配していたが、白髪にはなっているが、温厚そうな面立《おもだ》ちは昔と全く変わらない。

長い時が経ったにもかかわらず、まるで昨日別れた友のように、その旧友は声をかけてきた。家に招き入れられたバリーは思わず、家の中を見回していた。

貧しさがすぐに分かる家だった。先日電話で聞いた通りの、猫の額ほどの庭を持つ小さな家だった。息子夫婦と孫二人に囲まれた生活。

「言ったろう、小さな家だって……」

バリーの様子を面白そうに見ていたロッド・スタイナーは、恥ずかしがることもなくそうバリーに声をかけた。

バリーは夕食に招待されていた。

上流階級の頂点に長年君臨してきた男だ。普通は気後《きおく》れして夕食に招待などできはしない。が、ロッド・スタイナーはそんなことにはまるで無頓着《むとんじゃく》。

気後《きおく》れなど彼には微塵《みじん》もなかった。

家の中では夕食の支度《したく》の最中だった。息子とその妻、そして女の子の孫二人にも紹介された。ドアを開けて迎えにきてくれたのは下の孫娘だった。上の孫娘は五歳だという。よく面立《おもだ》ちの似た可愛い小さな姉妹《しまい》だった。

やがて食卓に湯気《ゆげ》の立つ温かい料理が運ばれてきた。

大皿にスパゲティーやソーセージ、野菜サラダ、豆やベーコンの入ったスープ、そして焼き立てのパンなどが所狭《ところせま》しと食卓の上に並べられた。

この家を見れば生活が楽でないことは容易に想像できる。料理の食材にも金はかかっていない。にもかかわらず五人の家族は和気あいあいと食卓を囲んでいる。

安物のワインもバリーのために開けられた。

バリーはワインを口にした。今まで口にしたこともないような芳醇《ほうじゅん》な香りに満ち、味は申し分なかった。料理を口にした。バリーにはこれほどの料理にはお目にかかったことが無い、というほどに極上《ごくじょう》の味がした。

世界で最高の料理、と呼ばれる料理は飽《あ》きるほどに口にした。が、今味わっている料理にまさる味は経験したことがない。

バリーは久しぶりに、ワインにも料理にも堪能《たんのう》していた。ロッド・スタイナーや家族も驚くほどにバリーの食は進んでいた。

フト、バリーが視線を感じて目を上げると、五人の暖かい目が彼に注がれていた。バリーはニヤリと笑うと、また料理を口に入れ始めた。

一時間ほどの食事を終えると、息子とその妻は料理の後片づけをし、孫娘二人は仲良く絵描きなどをして遊んでいる。

バリーとロッド・スタイナーも場所を居間の小さなソファーへと移し、食後のコーヒーを楽しんでいた。

ロッド・スタイナーは正直、三十数年ぶりのバリーからの電話に驚いていた。

「会えないか……？」とのことだったので、「小さな家だが、来るのならいいよ……」と返事をしただけだ。

このごく短い会話で、長い時を越えての再会が決まった。

バリーのような大金持ちで社会的にも名の知れた人間が、自分のことをおぼえていて、電話をしてくるなど、驚き以外の何物でもなかった。

貧乏画家の成れの果て、と自称しているロッド・スタイナーは絵心を生かして、雑誌のイラストを描いたりして得た金を家計の足しにしている。

息子はシアトル郊外の自動車工場で工員として働いている。

貧しいが家族五人が暮らしていける生活に、物欲《ぶつよく》のない彼にはなんの不満もない。幸いにして、息子夫婦も物欲《ぶつよく》には縁遠い性格をしているようで、大きな不満はなさそうだ。

それは屈託《くったく》なく遊ぶ孫二人を見ていればよく分かる。ロッド・スタイナーの人を見る鋭い目にはまだなんの曇りもない。彼は孫二人の様子で息子夫婦の状態を測っている。

そんな彼には、バリーの精神状態をも測る余裕があった。

彼の問題は心の悩み、大金持ちの彼にはそれしかない。いかにロッド・スタイナーであろうが、心の悩みにまでは付き合えない。

ただ寄り添うことはできる。そう思っての自宅への招待だった。

バリーも愚痴《ぐち》を言うために、また心の悩みを相談しにきたわけでもない。

最愛の妻を失った、人生で最も苦痛にさいなまれていたあの時、心を暖かくしてくれた唯一の友、あのロッド・スタイナーにもし再び会えれば……、との希望を持ったためだ。

失望は、当然のことながら予想していた。

ニューヨークでの失望の連続を考えれば、それは当然のこと。若い時の心情を維持したまま、歳を重ねられるほどに人生は甘くない。

三十年以上も前の、あの時のロッド・スタイナーはもういるはずがない……、それが現実というもの。

バリーは生きるために、その現実に捻《ね》じ曲《ま》げられた無数の男たちを見てきた。

でもロッド・スタイナーは変わり者で通っていた。

(だから、ひょっとしたら……)

そういう今にも消え入りそうな頼りない思いが、彼の足をシアトルに向けさせていた。

三十数年ぶりに目の前にいる男は、その心根《こころね》を失うことなく歳を重ねてきた男だった。

昔と変わらないその温厚な姿に、失望を覚悟してやってきたバリーのはかない希望は満たされていた。

声にすることはなかった。が、バリーには、彼に感謝する言葉が見当たらなかった。

バリーはロッド・スタイナーと、コーヒーを飲みながら世間話《せけんばなし》を小一時間もすると、辞去の挨拶をした。どこの家でも長居は嫌われる、それが世間《せけん》の通り相場。

家族全員が名残惜《なごり》しそうに見送ってくれた。

バリーはていねいに夕食への招待の謝辞を述べると家を出た。

見送ってくれた二人の小さな姉妹の無垢《むく》な視線は、研ぎ澄まされたナイフのようなバリーの神経を和《なご》ませていた。小さな暖かい灯《あか》りをもらったような気がする。

次のクリスマスには、二人にオルゴールの贈りものを携《たずさ》えて、訪《たず》ねようと思っている。子供の時に聞いたオルゴールから流れ出す優しい音は、いつもバリーをまだ見ぬ遠い世界へと誘《いざな》ってくれた。この小さな姉妹には、もっともふさわしい贈りものだ。

寒さにかじかむ夜の闇には、いつしか小雪が舞っていた。

バリーは焦げ茶色のカシミヤの外套《がいとう》の襟《えり》を立てると、夜道を歩いて行く。バリーの他には人影はない。

白い街灯《がいとう》が淡くバリーが歩いて行く先を照らしている。

しばらく歩いていたバリーは、ふっと気になって今来た道を振り返った。ロッド・スタイナーの小さな家の黄色い灯《あか》りが見える。

よく見ると窓ガラスに鼻をくっつけるようにして、小さな姉妹が紅葉《もみじ》のような小さな手をバリーに向けて振っている。

バリーも笑みを浮かべ、体をロッド・スタイナーの家に向けると、右手を大きく振って紅葉のような手に応えた。

そして両手を外套《がいとう》のポケットに突っ込むと、再び俯《うつむ》きながら夜の道を黙々《もくもく》と歩き出した。

しばらく歩いていたバリーの両目から、やがて大粒の涙が一つ、二つとこぼれ落ち、そしてそれが堰《せき》を切ったようにボロボロと流れ落ちてきた。

バリー自身もまったく予想できなかった涙。

涙はバリーの意思とは関係なく、とめどなく流れ落ちてくる。

あの黄色い灯《あか》りの点《とも》った小さな家、あの家にあったもの、それは「幸せ」という小さな温《ぬく》もり。すべてを持っていると思い込んでいたバリーが、唯一持ったことのないものが、あの家にはあった。

自分の人生には何か足りない、何かが欠けている……、そう思ってバリーは生きてきた。ようやくバリーはそれに出会うことができた。

安物のワイン、安い食材で作った料理、「幸せ」という調味料をかければ、今まで味わったことのないワイン、料理に変身することをバリーは、あの小さな家で、人生の終盤にさしかかるこの歳で教えられていた。

最愛の妻を失ってからは独りで生きてきた。妻を亡くしてからは、家族を持ちたいとも思わなかった。もうあんなに悲しい思いは死んでもしたくはないと思ったからだ。

それに加えて、目の前の上流社会の派手できらびやかな生活に、幻惑《げんわく》されていたということもあったのかもしれない。

あの小さな家で家族の温《ぬく》もり、というものを初めて知った。それが「幸せ」につながるものだということを思い知らされた。

「幸せ」とは小さなもの、でもどれだけ大金を積んでも買うことはできない。

取り返しのつかない人生を送ってしまった……、その悔いが熱いものになって流れ落ちてきたのかもしれない。

仕事にのめり込んで生きてきた自分の人生の虚《むな》しさに、そのことを人生の終盤で気づかされた口惜しさに、バリーは思わず、

（何をしていたんだ、俺は……！）

と、歯ぎしりをしていた。その思いが熱い涙となって流れ落ちている。

やがて、涙は姿を消した。その後にバリーに湧き上がってきた感覚は、

(物欲さえなければ、人は誰でも幸せになれるということなんだ……!)

という、呆気《あっけ》ないほどに単純な感情。

ロッド・スタイナーの生き方を通して得られたこの感情。

彼の生き方とは真反対の生き方をしてきたバリーだ。あの家に行くまでは、そんなことに気づくはずもなかった。

(腹の探り合いでは決して後《おく》れを取ることはない、そう自負《じふ》して生きてきた。が、こんな簡単なことも分からなかったとは……)

バリーは内心、自嘲気味《じちょうぎみ》にそうつぶやいている。

小さな幸せは、そこかしこに、手の届くところに落ちている誰にでも拾えるもの。

物欲のせいで、そんな小さな幸せなどには、誰も見向きもしないだけのこと。

多くの人が、そんな小さな幸せの大切さに気づくのは、時の流れに隔《へだ》てられ、拾おうとしてどれだけ手を伸ばしても、もう手の届かない場所に来てしまってから……。

小さな幸せを大事にしない人間に、幸運の女神がほほ笑むことは決してない。

ようやくそれに気づいたバリーの心にも、やがて、あの家の灯《あか》りのような黄色く小さな灯《あか》りが点《とも》されていた。

小雪の舞う夜の町を歩いて行くバリーの後ろ姿を、白い街灯《がいとう》が静かに照らしている。

第二章　潮《しお》騒《さい》の男

北から吹きつける潮風が、時折り風花を散らしながら、ビューッと音を鳴らして、色々な思いを巡らしていたバリーの褐色の髪をなびかせて通り過ぎていく。

漁業組合で、この辺りにクリス・ウォーケンの船が係留《けいりゅう》されていると聞いて、バリーはやってきた。先ほどから探しているがそれらしい船は見当たらない。

岸壁の突端《とったん》まで行ってバリーは引き返してきた。

先ほど目にした、緑色に船体が塗られた小さめの漁船にバリーの目がいった。

北風に煽《あお》られた潮騒《しおさい》が、腹の底にひびくように聞こえてくる夕景の中に、一人の男が後ろ姿を見せて立っている。

先ほど見た時はこの男の姿はなかった。

バリーは遠洋漁業に出る大型の漁船を探していた。クリスはその漁船の船長をしている、とロッド・スタイナーに聞いていたからだ。

「す・み・ま・せーん……　……！」

と、バリーは両手を丸めて口に当て、潮騒《しおさい》に負けないほどの声を出して、クリスの船の所在を聞くために、岸壁に立ったままその男に声をかけた。

その男は、潮騒《しおさい》のひびく音の中で、鈍《にび》色の海を背にして振り返った。

背丈はバリーと同じほどの約百八十五センチくらいだろうか。無駄な肉がそがれたような細身の体、赤と緑の格子模様の入った、厚手のフランネルのシャツを着ている。

短く刈りこまれた銀色の短髪。特徴はその顔にあった。浅黒く日焼けした顔には縦横《じゅうおう》に深いしわが走っていた。

まっすぐに結ばれた唇と高い鼻が意思の強さと、隠された高い知性を感じさせる。

そのきびしい風貌《ふうぼう》は、ロッド・スタイナーから聞いていた、クリス・ウォーケンの顔付き、様子に酷似《こくじ》していた。

振り返って近くまで寄ってきたその男に、質問の中身をバリーは無意識に変えていた。

「ウォーケンさんですか……?」

男は無言で、バリーの問いに軽くうなずくと、

「ウェストンさんかい?」

と聞き返してきた。バリーは同じようにうなずいた。

「あんたのことは、ロッドからの手紙に書いてあった……」

そう言うと、目で船に乗るようにと、岸壁と船の間に渡しかけている橋板を指し示した。

口数の少ない男のようだ。

バリーが船に乗ると小さな船室に招き入れられた。

そこには、据え付けられた二つの固い長椅子と、その間にこれも据え付けられた長テーブルがあった。

海に出れば四六時中、大波小波に揺られているのだ、据え付けられていなければ不安定で使えない。

テーブルにはコーヒーカップが二つ置かれ、その向こうには、小さな女の子が背を向けてお湯を沸かしている。よく気の回る子だ。バリーを来客と見て、言われもしないのに飲み物を用意している。

女の子は振り返ってバリーを見ると、

「あたしはジニー、よろしくね……」

と言って、コーヒーを注ぎ終えると、小さく頭を下げ、バリーの目を見て笑みを浮かべると、船室から出ていった。

背伸びして大人びた様子は見せているが、まだ十歳ほどの幼い女の子。なんとも笑顔が素敵な愛らしい子だった。

バリーが驚いたのは、ジニーを見送るクリスの目の優しさ。

目の前の武骨《ぶこつ》な男からは、考えられないような、バリーが思わず二度見をするほどに、穏《おだ》やかさに満ちていた。

二人は固い椅子に座ると、バリーの方からクリスを訪《たず》ねてきた理由を切り出そうとした。クリスは、それを右手で制すると、

「あんたに対する俺の理解から話した方が、無駄な時間を使うことはないと思うが、どうかね……？」

と提案した。この話し方からバリーは自分と同じ臭いをクリスに嗅《か》いでいた。

だらだらと説明するよりも、相手に用事の内容を確認させ、その結果で必要があれば、修正や補足を加えた方が、はるかに効率的なやり方。

バリーはクリスからの提案に静かに首を縦《たて》に振った。


ロッド・スタイナーの家でコーヒーを飲んでいた時だ、彼が突然口にしたのは、

「僕の古い友人に、クリス・ウォーケンという男がいる。以前は我々同様にウォール街にいたことのある男だ。僕なんかより、層倍もきびしい試練を人生に課されて生きている」

という言葉だった。

バリーは自分の心の問題を何一つロッド・スタイナーに語ってはいない。が、バリーは静かに彼の話に耳を傾けていた。

「ウォール街では、君と同様に光り輝く能力を持っていた。が、あることがきっかけで、ウォール街を去り船に乗った。数年前の話だが、いまでも漁船の船長をしていると聞いている。人生では思ってもいなかった得体《えたい》の知れないも

のが、時々顔をのぞかせるもんだ。そんな時、彼の人生は、何かを語ってくれるかもしれない……」

これがあの時、問わず語りにロッド・スタイナーが自分に語りかけてきた言葉。

老いたとはいえ、さすがに人の心を見抜く彼の鋭い眼力には、バリーも言葉を失った。バリーが心の中に屈託《くったく》を溜《た》めている……、そのことを彼はすでに見抜いていた。

それを承知した上で食事に招待してくれた彼の配慮には、ただ頭を下げるのみだ。

バリーは、自分の抱えている問題に、クリスが何かができるなどとは思ってはいない。が、漁船の船長、をしているという言葉にひかれていた。

海はバリーの関心の中心にあった。気候変動は、そのすべてが海を起点にしていると言っても過言じゃない。海からすべての生き物が生まれた。その海がいま病《や》んでいる、怒っている。

バリーはその海を見ながら今後の方向を考えたい……、それが心の片隅で、考え、望んでいたことだった。

また他の輩《やから》とは異なって、バリーが知る、現実に捻《ね》じ曲げられなかった唯一の男、ロッド・スタイナーの言葉だ。もし結果的に無駄にはなっても、

「クリスという男には、一度会ってみる価値はあるかもしれない……」

そういう思いから、バリーはこのステーブン漁港に足を運んでいる。またロッド・スタイナーには、

「クリス・ウォーケンに会いに行く」

なんて一言も言ってはいない。

クリスの様子だと、バリーがここにくるということは、ロッド・スタイナーにとってはすでに折り込み済みだったようだ。

バリーがこの港にやってきたのには、こういう経緯が背景にあった。

バリーが首を縦《たて》に振ると、クリスは話し始めた、

「彼の手紙には大したことは書いちゃいない。ただ心の中に屈託《くったく》があるようだ……、としか書いちゃいなかった。この俺にしたって、しがない船乗りだ。あんたの悩みを聞けるような大した見識もなければ、十分な経験もない。ただロッドには大きな借りがあるもんでね。だから話だけは聞くが、それでいいかね……」

思い切り無愛想《ぶあいそ》な言葉だった。

(話を聞く前から何もできない……！)

と、突き放している。

こんな相手への思いやりに欠けた言葉は、バリーの記憶にはなかった。が、不思議とバリーの心に不快さは残っていない。

言葉に悪意が無いからだろう。相手の男は、ただ自分の気持ちを伝えようとして、飾り気のない言葉を使っているだけ。だから言葉が、そのまま伝わって通り過ぎて行った。

目の前の男は、無愛想《ぶあいそ》だが悪意とはまったく無縁の男でもあるようだ。

しばらく考えていたバリーは控えめに口を開いた。

「私は海を見ながら考えたい、と思っていました。どうでしょうか、しばらく船に乗せていただく、というのは……」

このバリーの返答は、まったく予想していなかった。クリスの無愛想《ぶあいそ》な態度と話に、バリーはてっきり断ってくる、ものだとばかり思い込んでいた。

(何《なん》なんだこの男は……！)

クリスは内心頭を抱えた。ただ船に乗りたい、としか言っていない。

クリスは自分の世界で生きてきた。当然周りのものには無関心になるし、保守的な生き方にもなる。だから面倒事《めんどうこと》は極力避けてきた。歳を重ねてくると、ずっとつづけているいつもの生活のリズムを壊したくもない。でもこのバリーの単純な要望では、断ろうにも断れない。何も望んじゃいない、ただ船に乗りたい……、それしか望んじゃいないのだから。

これで断れば、ロッド・スタイナーの顔に泥を塗ることになる。クリスはまた義に厚い男でもあった。大恩のある彼に、不義理をすることは天地がひっくり返ってもできることじゃない。

それでもなんとか断れないか、と長考したクリスだったが結局は、バリーの希望を受け入れる、という以外の選択肢《せんたくし》は見つからなかった。

焦点の定まらない目でしばらく俯《うつむ》いていたクリスだったが、やがて顔を上げるとバリーの目を見て、

「いいだろう、数日でも、数週間でも、数か月でも乗りたいだけ乗ればいい。だが船でのしきたりだけは守ってもらう……、それでいいかね?」

バリーは即答した、

「ありがとうございます。邪魔にはならないようにします……」

そう言って頭を下げたバリーは、控えめに船室を見回しながら尋《たず》ねた。

「ロッドからは漁船の船長をしている、と聞いていましたが……」

クリスはぶっきらぼうに答えを返した。

「それは二年前までの話だ。遠洋漁業の船長は体力勝負だ。歳が寄ってくると、とても務《つと》まるもんじゃない。ご覧の通り、今は無理せずに、この船で身の丈《たけ》を考えて主にロブスターとかカニなどの扱い単価の高い獲物をとるためのかご漁をしている……。それでもいいのかい……?」

最後の期待を込めてクリスは、バリーに再度聞いた。バリーの答えは、

「明日からよろしくお願いいたします……」

の一言だった。

「明日は何時頃うかがえばよろしいのでしょうか？」

とのバリーの問いに、

「お前さんは、まだよく分かっていないようだな……、もうこの瞬間からお前さんは俺たちと一緒に暮らすことになるんだよ。船に乗るってことは、そういうことなんだ」

クリスはバリーに、船に乗るという生活をかいつまんで説明した。

（こういう話までしなければいけないから、嫌《いや》だったんだよ……）

そうロッドの顔を思い出しながら、クリスは最後の愚痴《ぐち》をつぶやいている。ロッドと最後にあったのは、もう二十年も昔のことだ。

ロッド・スタイナーという男は時の流れを感じさせない男だった。先日の手紙も、ほとんど交流がないにもかかわらず、一週間前に別れた友達に出すような、そんな何気《なにげ》ない手紙だった。それもロッド・スタイナーという男の生き方だ。

人には、それぞれに持って生まれた生き方というものがあるんだろう……、ロッド・スタイナーの生き方を通して、そうクリスは思っている。

「分かりました、それじゃ、船に乗る経費と生活費は、月にいくらお渡しすればよろしいのでしょうか……？」

このバリーの問いに、しばらく考えていたクリスは、

「それじゃ、月に三千ドル（約四十五万円）をもらおうか……」

バリーはその金額を聞くと、少し顔をしかめた。宿泊、食費、船に乗る費用等をすべて考えれば、バリーには法外に安い金額、というように思えたからだ。

「三千ドルで足りますか?」

との率直な質問にクリスは、

「問題ない。月に三千ドルさえ払えばあんたの面倒はすべて俺がみる。その代わり、一切《いっさい》の文句《もんく》はなしだ。料理なんかに文句を付けようもんなら、その場でこの契約は破棄される……。いいかい……?」

バリーが「すべて了承した」、と伝えると、クリスは外にいるジニーを大声で呼んだ。

「一緒に暮らす間は、あんたのことは、バリー、と呼ぶ。あんたも俺のことはクリスと呼んでくれ」

そしてジニーに目をやると、

「バリーが今日から一緒に暮らすことになった。二階の寝室が空いていたろう。あの部屋をバリーに使わせてやってくれ。やり残したことがあるので、俺は少し遅れて帰る……」

そのクリスの言葉に、

「分かりました、キャプテン。おじさん、一緒に行こうか……」

そう言うと、ジニーはバリーの手を引っ張って船を降りていった。

クリスを「キャプテン……」と呼ぶこの幼い娘に小さな驚きの目を向けると、それでもバリーは手を引かれて船を降りた。

遠ざかる二人を見送ると、クリスは改めて、

「ふぅーっ……」

と大きなため息を一つついた。そして例の言葉を、例の如《ごと》くつぶやいた、

「ま、いいか……」

　こんな状況になるなんて、クリスは昨日まで夢にも思っていなかった。

　三年前に、亡くなった妻の親友ベスに、彼女の孫、ジニーの身柄を託された。彼女は末期の肺ガンに侵され、余命半年を宣告されていた。

　それでもベスは車いすに乗り、ジニーと看護師を連れて、上陸中のクリスに会うためにニューヨークからステーブン漁港にやってきた。

　ベスの娘、ジニーの母親は、その夫と共にジニーが三つの時に交通事故で亡くなっていた。両親を三つの時に亡くし、育ての祖母も七つでこの世を去る。そして天涯孤独《てんがいこどく》の身に追いやられる。

　何故ジニーが……、そういう目に遭《あ》うのか……、とジニーにはきびしくあたるベスは、内心言いようもない悲しみにおそわれていた。

　だが運が悪いと、悲しみに暮れてばかりいるわけにはいかない、自分の命も、あと半年、と限られているのだ。

　ベスとクリスの親交は深くない。若い時彼の妻、ヘザーに夕食に招待されて一度会っただけだ。ただベスはヘザーを通して彼のことはよく知っていた。

　本当のクリスの姿をベスが知ったのは、クリスが妻ヘザーと娘キャシーを亡くした時だった。今から三十年余り前のことだ。

　それからのクリスの人生は遠くから見ていた。

　クリスは親友ヘザーの夫だった、そして自分がヘザーに、クリスとは離別しない方がいい……、と助言してもいた。それだけにヘザーには責任を感じていた。

それに加えて、クリスの妻と娘を失った後の彼の生き方に興味を持っていたからだ。

ベスにはかなりの資産があった。それを使って時折り興信所に、クリスの状況を調べさせていた。

若い時は優しさはあったが、気むずかしい人間だった。が、妻と娘の死で、クリスのすべてが変わったような気がする。

それからは、歳を重ねるごとに、心根の優しさに重みを増していったような気がする。

ベスは十年前に連れ合いを亡くしている。ベスの家系は係累《けいるい》（面倒を看るべき家族）の縁が薄いような気がする。

そのベスが、間もなく天涯孤独《てんがいこどく》の身になる、孫娘ジニーを連れてクリスを頼ってきた。

遠洋漁業の漁船の船長として、何か月も船の上で暮らしているのだ。遊び相手もいない船に、七つの子供を乗せられるはずもない。常識的に引き取れるはずがなかった。

当然クリスは断った。が、ベスの静かな言葉がクリスの心を強く揺さぶった。

「この子には、もう係累《けいるい》はいません。私が死ねば天涯孤独になります。この子は私が手塩に掛けて育ててきた子です。もし邪魔になるような子であれば、施設にでも送ってもらえませんか……？」

クリスの目は、この時ジニーの目を見ていた。何故か亡くした娘、キャシーの目を明《あ》けたままの顔がクリスの脳裏を過《よぎ》った。

クリスの見つめる目にジニーは、はにかむようなほほ笑みを返してくれた。それはまるで、表情を失ったキャシーがほほ笑んでくれたかのようにクリスには映《うつ》った。

この瞬間にクリスの腹が決まった。

ベスは涙を流してクリスに感謝した。翌日ベスは、ジニーをクリスの手元に残して、看護師とともにニューヨークの病院へと帰っていった。

驚いたことに、クリスに残していったベスの色々な資産を合計すると、数十億円以上あった。その預金通帳などをクリスに預けていった。長年の投資で稼いだ金だとの話だった。

これだけの金があれば、クリスに頼まなくても、立派な後見人を付けるなど、方法はいくらでもあるだろうに……、とクリスは思った。

ジニーの引き受けをクリスが決心した時、ベスは涙を流して感謝した。なぜそこまでベスが自分を信用しているのか、クリスには分からない。

でも、引き受けた以上、命をかけてジニーを守るという覚悟は、クリスにはできていた。

投資市場は今も昔も博打場《ばくちば》だ。時代は変わっても、その性質が変わることはない。

勝負に負けると身ぐるみはがされ叩き出される。負けると元本までがなくなる場所。負けて首を吊る人間も少なくない。

以前は、まともな人間が関わる場所じゃない……、とまでいわれたものだ。

投資銀行で働いていた元専門家のクリスも、そう思っている。また元専門家として博打場《ばくちば》で、ベスがこれだけの資産を残せた理由も理解できる。

クリスは、ベスから資産の運用をしたいから誰か紹介してくれないか……、とヘザーがまだ生きていた頃、依頼されたのを思い出していた。

この預金通帳を見て、改めてベスを理解できたような気がクリスにはしていた。ベスは腹八分、という投資の世界の鉄則を守って、地道に資産を増やしていたのだ。

ほとんどの個人投資家は、利益が出始めると目いっぱい儲《もう》けようとする。

欲に負けて腹十分まで利益を取りに行こうとするのだが、そのすぐ先には、奈落の底が口を開けて待っている。欲に負けた多くの投資家は奈落の底へと落ちていく。

本当に賢い人はベスのように損をしない。

ベスがジニーの引き受け手としてクリスを頼ったのは、この巨額の資産の所為《せい》だった。自分が死んだ後、この資産の所為《せい》で何人もがジニーの後見人として手を挙げるだろう。

が、その資産目当ての誰もがジニーを幸せにすることはない……、ベスはそう自分の死後の状況を読み切っていた。

クリスならそんな資産に惑《まど》わされることはない。そして自分が優しい人だとかつて断じた人間だ。クリスがジニーを引き受ける、と言った時、うれし涙を流したのには、こういうベスの思いがあったからだ。

ベスは鋭い先見の明を有した、真に賢い女性だった。


遠洋漁業の漁船では、三十人ほどの船員がクリスの下で働いていた。

タラ、サケ、ニシンと魚群を追って二週間から一か月ほど、場合によってはもっと長い北の漁場での操業になる。その間は、二十四時間の臨戦態勢《りんせんたいせい》。

レーダーが魚影を発見すると、昼夜を問わず全員飛び起きて操業する。過酷な労働環境だ。船長ともなれば、船員の命や船に対しての責任の重みも覆《おお》いかぶさってくる。

六十を疾《と》うに過ぎた体にはかなり堪《こた》えるようになっていた。

だからこんな仕事からは足を洗おうと思っていた。そこに、ジニーの件が加わった。

大型漁船を降りるに当たっては、ジニーの件がクリスには最も大きかった。

ベスが言った通り、ジニーはまったく手のかからない子だった。

それどころか、乗組員全員に愛されていた。どの船にでも一人くらいは、不平たらたらの奴はいる。だがジニーに関しては、不思議なことにみんなに愛されていた。

荒れた天候の時、クリスは雨で足が滑り、不覚にも梯子《はしご》を踏み外し、足を骨折したことがあった。痛み止めを投薬され船長室で眠っていた時のことだった。熱が出ていたのだろう、ジニーが看病していてくれた。なにかの拍子《ひょうし》で、ふとクリスが目覚めた。

薄目を開けてジニーを見た。肩が小刻みに震えている。俯《うつむ》いて泣いているようだ。考えてみれば、まだ七つの小学校一年生の女の子。心細いのだろう。

その幼い女の子が気を張って、精一杯背伸びをして、大人の船員に混じって必死で頑張っている。

「邪魔になれば、施設に送ってください……」

という祖母ベスの話もジニーは黙って聞いていた。そのこともジニーの小さな心の中には暗い影を落としているのかもしれない。

陽《ひ》の陰《かげ》った道を、これまで苦労して生きてきた子供……、だということは、ベスに聞くまでもなくクリスにもよく分かっている。

七つという歳よりは、はるかに鋭敏な感覚を生きるために得てしまっているのだ。人一倍感性の鋭いクリスには、その幼いジニーの心情は手に取るように理解できる。

それだけに今、目の前で心細さに一人涙を流している幼いジニーの姿、そしてクリスに心配をかけまいと、精一杯背伸びをして生きている七つの女の子の真の姿に、今まで何もしてやれなかったという深い後悔が、熱い思いと一緒になってこみ上げてきている。

ジニーは小さく鼻をクスン、と鳴らすと、額を冷やすための洗面器の水を換えに行った。その間にクリスは背中をジニーに向けるようにして、急いで寝返りをうった。

乗組員にあれほど怖《こわ》がられている、クリスの顔には幾筋もの涙が伝い落ちていた。

それから間もなくしてからだった、クリスがジニーを連れて船を降りたのは。もうジニーにあんな心細い思いはさせたくなかった。

今では、船長だった時に右腕をしていた機関士のトーマスと、トーマスが近くの町で拾ってきた声を失った若者、マックと三人で身の丈にあった、日帰りのできる沿岸漁業に従事している。

平たく言えば、ロブスターやカニなど、取引単価の高い獲物を狙ってのかご漁が主になっている。ロブスターについては特に、保護の必要もあり、漁期については政府からの厳格な規定が課せられている。春と秋の二シーズンしか漁ができない。

だから船の設備等を柔軟に調整して、タコやイカまたは、取引単価の高い、他の獲物なども漁の対象にしている。

三十年近くも高給取りの船長をしていたのだ。無理をして金を稼ぐ必要もなかった。それは長い間、機関士として船に乗っていたトーマスも同じだった。

トーマスは特にクリスが重宝《ちょうほう》して使っている、信頼できる海の男。

昔軍隊にいて、衛生兵をやっていたらしい。今でも軍隊時代に使っていた戦闘用のコンバットナイフを包丁代わりに使ったりしている変わり者。

漁船に乗っていた時、長い間クリスの右腕を担《にな》っていた幹部でもあった。その時からクリスを信頼し行動を共にしている。

四十代の前半で腕っぷしも強いが、衛生兵をやっていた彼がいれば、ちょっとした傷やけがなどは医者に行く必要もない。

クリスが骨折した時は、すべてトーマスが治療をしてくれた。

こんな状況で、現在の生活が成り立っている。バリーが来てどうなるのか……？　正直クリスにも判断がつかない。

一つはっきりしていることは、この船の調和を壊したり、勘違いして大物風を吹かすようなことがあれば、即たたき出す、ということだ。

金融業界のことなら、友人はいなくても情報には困らない。今はインターネットでどういう情報でも容易に手に入れられる。だからバリーの現状も理解している。

それにしても、ロッド・スタイナーが大物として知られるバリー・ウェストンの友人だったとは初耳だった。

バリーは三十代の前半から、急激に金融業界で頭角を現し、そのまま一気に四十代の半《なか》ばで、頂点にまで登り詰めた稀有《けう》な経歴を持つ男だった。

(そのバリーが何故、今頃俺の船なんかに……？)

それが理解できないことだった。が、クリスの胸中にあることは、ただ一点のみ、

(ロッド・スタイナーの顔だけはつぶせない……)

この思いだけだった。

第三章　キャシーとの出会い

バリーは茫然《ぼうぜん》とした様子で海上を見つめている。目の前で繰り広げられている、海の生き物たちの壮観な眺《なが》めに完全に心を奪われていた。

彼は両手で、船縁《ふなべり》を無意識のうちに強く掴んでいる。そのことに気づかないほどの感動を、この光景はバリーに与えていた。

たいていの映像で見るこういう眺《なが》めは、ほとんどの場合、人の手で編集されている。

だが、今見ている目の前の光景は、人の手が入らない、本物の自然の力強い動き、真実の壮大な景観だった。

白い波を蹴立てて、百頭近い集団のイルカが全速力で北の海を目ざして泳いでいる。中には海面を飛びながら泳いでいるイルカも見られる。

時速はどれほどだろう……、四、五十キロほどのスピードは出ているのだろうか。

バリーが初めて見る光景。文字通り彼は息をのんでこのダイナミックな光景に見とれていた。背後にクリスが立ったのにも、まったく気づかなかったほどだ。

「しばらく見ているがいい。これが人の手が入らない真実の光景だ。後十分から二十分ほどしたら、また別の光景を見ることになるだろう。それが自然の持つきびしい現実だし、また自然の摂理と呼ばれるものにつながっていく……」

クリスは、そうバリーにささやくと、船室へと戻った。

バリーがクリスと行動を共にしてから、すでに一月《ひとつき》近くが経っていた。海を見る生活、そして陸に上がれば、図書館で様々な文献を読む生活がつづいている。

バリーに与えられた、クリスと暮らすこの時間はきわめて貴重な時間になる……、そう彼は確信している。

この土地でも、人々に聞いてみると、生活実感を通して海面上昇は顕著になっているという。浜辺に出て見れば一目瞭然だった。

海岸線が波に浸食された跡が歴然として残っている。海面上昇の物言わぬ証拠。

またとれる魚の種類も最近では異なったものがとれるという話も聞いた。こういうことは都会で暮らしていれば見えてこない。だから誰も気づくことがない。

気候変動による海面上昇や、海流の蛇行《だこう》などの実体は、バリーが考えているよりも、はるかに深刻な影響が沿岸には現れてきている。

それがこの土地で暮らして得られたバリーの実感だった。

イルカの大群が通り過ぎた後、しばらく思いにふけっていたバリーだったが、今度は目の前に、巨体が現れてきた。

クリスが言ったように、目の前の光景が変化してきたのだ。

今度は、大型の生き物の泳ぐ姿が見えてきた。

目を凝《こ》らしてみると、背面は黒、腹面は白の模様が浮かんでいる。シャチだ。本物は一度として見たことがなかったが、当然あの模様はシャチのものだと誰にでも分かる。

凄いスピードだ。先ほどのイルカよりも確実にスピードが上がっている。

体が大きいだけにスピード感はイルカほどには感じないが、それでもあの波の立ち具合から見て、イルカよりもはるかに速いスピードで泳いでいる。

（これが人の手で編集されていない、自然の生《なま》の姿か……　……！）

バリーは、ほとんどの映像が人の手を通して作られていることを、数多くのコマーシャルのスポンサーとして知っている。

映像で見る光景は、どれほどの力作でも平面的でしかありえない。が、この生の自然の光景は、立体的に視覚に訴えてくる。もしあの集団が、こちらに方向を変えれば、それは恐怖でしかない。

そう思わせるほどに、このダイナミックなシャチの獲物を追跡する光景は、バリーに恐怖にも近い強い感動を与えていた。

そのシャチが十頭ほどで、イルカが泳ぎ去った同じ方向へと、まるでその巨体が波に乗るように凄いスピードで泳いでいく。

クリスがまた船室から出てきた。

「あのシャチの泳ぎは、獲物を追いかける時にだけ使う泳ぎ方だ。あの泳ぎ方で追跡されたら、もうイルカに逃げる手立てはない。見ていろ、間もなく先頭に後方のシャチが出てくるから……」

クリスはそうバリーに告げた。

スピードを落とさないために、先頭のシャチは時々交代する。どうしても先頭は水の抵抗を受け、疲労が増すことでスピードが落ちてくる。

通常のシャチの泳ぐ速度は、大体ママチャリと同程度の時速十三キロほど。

この速度が追跡にかかると、長時間の持続は難しいが、トップスピードでおよそ時速六十五キロほどになる。個体によっては、八十キロほどにもなるという報告もある。

水中を泳ぐ哺乳類の仲間ではシャチの速度が最も速い。

それに対し、イルカの最高速度はクジラと同様に時速約五十キロほど、大きな差がある。だから狙われたら、逃げきることは難しい。

クリスは北の漁場で長年漁をしてきた。シャチとは同じ海域で仕事をしてきている。当然シャチとの出会いが多くなり、その生態にも実際の経験を通して詳しくなる。

クリスには、このイルカとシャチの追跡劇の結果は見えていた。

やがて、シャチはイルカに追いつく。そしてその何頭かを仕留めてシャチの家族の食料にする。その時の狩りは、一見残酷のように見える時もある。

シャチは知能が高い。だから自らを危険な状態に置くことは極力避ける。イルカを狩る時、シャチは常に安全策を講じている。

追いかけまわして先ず獲物を疲れさせる。その後、体当たりをしたり、尾びれで獲物を激しく叩いたり、また水中から獲物を空中に放り上げたりして、弱って抵抗できなくなったところで初めて仕留めにかかる。絶対安全な方法だ。

この光景が人間には残酷に見えたりするようだ。

この狩りの光景を子供のシャチたちが見て学習している。だからこの攻撃方法がこの家族の伝統になってこの家族の子孫へと伝承されていく。

換言すれば、最も安全な狩りの仕方が伝承されていくことになるのだ。

シャチの家族は約十頭前後の群れを作り、母系社会を構成している。特にシャチの場合には一般論は通用しにくい。情報伝達の方法も、また狩りのやり方等も家族によって異なっているからだ。

以前日本には、各家に、その家独特の家訓といったものがあった。その家訓に似たものがシャチの各家族にもあるのかもしれない。

クリスもしばらくは、シャチのダイナミックな泳ぎをバリーと眺めていた。クリスには、この追跡劇の結果をバリーに話すつもりはない。

聞かれてくれれば話す。話さない理由がないからだ。が、自《みず》ら話すつもりはない。それらのことを勉強するために、バリーはこの生活の中にいる。

この一月《ひとつき》で、大体バリーの考えていることは理解できた。別に聞いたわけじゃない。言葉の端々《はしばし》から、そう言うことは理解できるものだ。

バリーほどの男だ。彼の分析でクリス自身も丸裸にされている、それでいいと思っている。そういう風に思えるのも、自然体で生きるための年輪を重ねてきたせいなのだろう。

その上で現状のバリーとの関係がある。問題は今のところ、何もない。

トーマスやマックとの関係も良好なようだ。バリーという男は、あの地位にまで登り詰めて当然の男だったのだろう。

今までの所、バリーが大物風《おおものかぜ》を吹かすことはまったくなかった。トーマスやマックとの関係にも、使わなければいけない気は使っているようだ。

クリスはジニーのことが最も気になっていた。ありていに言えば、ジニーのために大型漁船を降りた、といっても過言じゃなかった。

そのジニーに、余計な気を使わさせるのがクリスにとっては、最も望まなかったこと。それが最大のクリスの懸念《けねん》になっていた
その目で、ジニーとバリーの関係を観察していたクリスだったが、結果的に、それが杞憂であり、バリーとジニーの関係を見ていると、彼には苦笑いを浮かべるしかなかった。

ジニーは平気でバリーを使い、バリーはいつも、ハイ、ハイと言いながらジニーの指示に従っていたのだ。

ある日、夕食時にクリスが帰宅した時、ジニーが台所の奥から指示して、バリーがテーブルに食器やナイフとフォークなどを並べていた。

そんな光景を見るとは夢にも思っていなかった。

クリスの懸念《けねん》はこの光景で消し飛んでいた。ジニーは、クリスを呼ぶときは「キャプテン」と呼ぶ。バリーはただの「おじさん……」だった。

船に乗っていた時、クリスはすべての乗組員に「キャプテン」と呼ばれていた。七つのジニーにとっては、クリスは余程偉い人に見えていたのだろう。

その気持ちが、他の船員と同様に、ジニーにクリスを「キャプテン」と呼ばせていた。

そして、その気持ちは今も変わらないようだ。ジニーの中では、クリスは今も「キャプテン」で「おじさん」のバリーよりもずっと偉い人なんだろう。

だが食事中のジニーとバリーの表情は和気あいあいとしたもの。ジニーの言葉にバリーは、笑みを浮かべて一々相槌《あいづち》を打っている。

食後、ジニーは跡片付けのために食器とナイフなどを台所に運んだ。バリーも残りの食器などを台所に運んでいった、その時だった、

「今日の勉強は終わっているから、ここはあたしがします。おじさんはキャプテンと一緒に向こうにいて……、じきにコーヒーを持っていくから……」

そう言われ、居間に戻ってきたバリーは、ばつの悪そうな目をしてクリスを見た。

クリスは苦笑いをして肩をすくめた。それが彼の目にたいするクリスの返答。だがバリーのその目には、意外なことにジニーに対する慈愛の色が浮かんでいる。

その時、水底から泡が上がってくるように、クリスの心の奥から湧き出してきたものがあった。クリスはしばらく考えていた、

（これは何だろう…　…？）

と。バリーのように金融界で活躍していた男は、クリスも何人か知っている。

だがその誰もが、バリーのような目の色はしていなかった。またそういう男たちとは、天と地ほども次元の違う場所で、バリーは常に勝利者として君臨《くんりん》してきた。

そのバリーが今、おじさん、おじさんと呼ばれ、またバリーも唯々諾々《いいだくだく》と十歳のジニーに従っている、それも慈愛の心をもちながら。

（自分だったらバリーのように振る舞えるだろうか…　…？）

そう自問した時、その答えは、疑問形だった。

その次の瞬間、泡の正体が鮮明に見えてきた。それは、

（このバリー・ウェストンという男は本物だ…　…！）

という、今までに一度も感じたことのなかった感覚だった。

真の姿というものは、日常の何気《なにげ》ない振る舞いの中で姿を見せるものなのかもしれない。

彼はロッド・スタイナーの、人を見る目の確かさを改めて見直していた。

だがクリスの、バリーに対する態度や目の色が、その思いで変わることは全くなかった。それはクリスの心の中だけに起きた、ほんの小さな変化に過ぎなかった。

この日の出来事で、クリスにあった不安はあらかた消し飛んでいた。

ジニーは今の生活に満足している。

ジニーはまだ覚えている、祖母のベスに連れられてクリスに会いに来た日のことを。

祖母はジニーにはきびしく、物事をはっきりと言う人だった。

「自分はもう長くは生きられない、あなたのことが心配……」

そう言われて、クリスの元に連れてこられた。

この人に断られたら、自分はもう施設に行くしかないんだ……、そう思った。祖母がそう言ったのを聞いていたからだ。

施設がどういうところか、七つのジニーに分かるはずもなかった。でも、その場の雰囲気で、何故かは分からないが、

「施設にだけは行きたくない……」

そう思った。

幸運なことに、相手の人は引き取ってくれた。

この幸運を幼心《おさなごころ》にも失いたくなかった。相手の人は、周りのみんなに「キャプテン」と呼ばれていた。だから自分も当然のように「キャプテン」と呼び始めた。

初めて相手の人に、

「キャプテン……！」

と呼びかけた時、一瞬驚いた顔をされたが、優しい笑顔を見せてくれた。

それ以降、ジニーは「キャプテン」という呼びかけが気に入ってくれたんだ、と思って、いつも「キャプテン」と呼びかけるようになっている。

七歳のジニーは、もっと幼い時に両親を失っている。小さいながらも気を使い、気を張って生きてこざるを得なかった。

だから小さい自分がキャプテンの重荷になっている…　…、ということはよく分かっている。できるだけ、重荷にならないように…　…、と、精一杯気を使って生きることが、今では幼いジニーの習性になっている。

初めての航海は一か月ほどだった。漁港に帰ると、

「祖母死す」

の電報が届いていた。

キャプテンがニューヨークまで連れて行ってくれた。

三日ほどで葬式を済ませ、この漁港に帰ってきた。

余命は半年ほどだったので、まだ生きられると思っていたが、キャプテンが自分を引き受けてくれたことで、安心して早く亡くなったらしい、と聞いた。

あの時はまだ小さかったので、涙も沢山は出なかった。きびしい人だったということは覚えている。中でも、

「親切はされるものじゃなくて、するものです…　…!」

という言葉はしょっちゅう言われていたせいか、まだ覚えている。

でもこの言葉、船の上ではなんだか、とても役に立ってくれたような気がしている。

もっと大きくなったら、おばあちゃんのことがもっとよく分かるようになるかもしれない…　…、そう思っている。

それからしばらくして、キャプテンと機関長のトーマスが漁船を降りて、かご漁をすることになった。

今一番の楽しみは、キャシーに会うこと。キャシーは友達のシャチの名前。

去年の夏のことだった。

ジニーは魚たちへの餌付《えづ》けが好きで、時間があるとシュノーケルを付けて海に潜り、魚たちへ餌をあげていた。

ある日の午後、ジニーが餌をあげていた時、周りの魚が急にいなくなった。

不思議に思って周りを注意深く見回したが、魚がいないだけで他の景色はいつもと変わらない。

水中は視界が悪い。ジニーは海面に浮上した。そして辺りを見回した時、黒い背びれを視力の良いジニーの目がとらえた。

すぐにサメだと分かった。三十メートルほどの距離はまだある。が、船に泳いで帰るには距離がありすぎた。サメに追いつかれてしまうだろう。

ジニーはありったけの声を出して助けを求めた。

赤子の癇《かん》に障《さわ》る泣き声は、母親の注意を呼び起こすためのもの。子供の耳障《みみざわ》りな黄色い声も、周りの大人たちに助けを求める声。甲高《かんだか》く、遠くまで聞こえるようになっている。

船室にいたクリスは、なにやらジニーが遠くで叫んでいるような気がした。気になったクリスが船側に出てみると、ジニーが大きく手をふっている。

クリスもつられてつい手をふりかけたが、その手の振り方が尋常《じんじょう》でないことに気づいた。クリスは目を凝《こ》らして、ジニーの周辺に目を這《は》わせた。

ジニーの三十メートルほど後方に黒い背びれのようなものが見えた。

その瞬間、クリスは考えることを停止した。考える時間が惜しかった、黒い背びれはサメのもの。サメがジニーに狙いを付けているのだ。

脱兎《だっと》のごとく船室にもどると、テーブルの上に置かれていたトーマスのコンバットナイフを鷲掴《わしづか》みにし、デッキシューズを脱ぎ捨てると、全速力で走りそのままジャンプして船縁《ふなべり》に飛び乗り、今度は空中へと思い切り飛び出した。

ぜい肉のない細身の体のクリスだが、それにしても、とても六十代半ばの運動能力とは思えない動き、「火事場の馬鹿力《ばかぢから》」という表現がある。

それと同じようなことがクリスに起こったのかもしれない。

軽やかな動きで空中に舞ったクリスの体は、弾《はず》みをつけたまま、そのままの姿勢で海中へと消えていった。サメがジニーを狙っているのだ、一刻の猶予《ゆうよ》もない。

ジニーは今やクリスの唯一の生き甲斐《がい》。三十年余りも星一つない暗闇《くらやみ》の中、霜柱の立った凍《こご》えた道をクリスは独りで歩いてきた。

その暗い夜空に突如《とつじょ》として現れ、クリスに明るい輝きを放ってくれた星がジニーだった。

クリスにとって、ジニーの価値はそれほどのもの。そのジニーまで失うわけにはいかない。サメと闘うことに、クリスの中には迷いの一欠片《ひとかけら》もなかった。

コンバットナイフをベルトに差し込み、潜《もぐ》ったままジニーの元へと急いだクリスは、幸いにもサメよりも早くジニーの元へと泳ぎ着いていた。

この三年間の海の生活で、他の船乗りと同じほどにジニーは泳ぎが達者になっている。

「お前は静かに船にもどれ、何があっても水音はたてないようにな……」

と、口早《くちばや》にジニーに指示をすると、クリスは一つ大きく空気を吸い込み、また海中に身を沈めた。

サメはすでに海中に姿を隠している。海面からではサメの姿を確認できない。

海中で目を凝《こ》らしたクリスは、サメが一匹であることを確認した。一匹なら、このコンバットナイフでまだ闘える。

幸いなことに、サメの姿はすぐに確認できたが、思いのほか近くにまで迫ってきている。前方からクリスに向かってゆっくりと泳いでくる。

　このサメの行動に、ひとまずクリスは安堵《あんど》していた。彼の心配は、サメがジニーを追いかけることだった。これで落ち着いてサメと対峙《たいじ》できる。

　すでにクリスの感覚は正常さを失っていた。

　恐れを感じる正常な感覚のままではサメとは闘えない。生き残れる確率は一パーセントにも満たないのだ。

　よく見ると、サメは五メートル余りの体長、人食いザメとの異名《いみょう》を持つタイガーシャーク（イタチザメ）。こんな大物に狙われたら、先ず助からない。

　クリスは文字通り逃げ場のない、絶体絶命、の窮地《きゅうち》に追い込まれていた。

　が、それにもかかわらず、クリスに恐れはなかった。ジニーを狙ったサメに対する怒りの方が、クリスに与える恐怖に勝《まさ》ったからだろう。

　サメには襲う前に獲物の周りを回って、獲物を確認する習性がある。攻撃する場所を選んでいるのかもしれない。その間、クリスも考えていた、如何に闘うべきかと……。

　サメの習性がクリスに考える時間を与えていた。

　以前クリスはサメに襲われた船員に聞いたことがある、サメの弱点は前面の柔らかい鼻面《はなづら》にあると。それが真実であるかどうかは分からない。

　だが、この状況に追い込まれては、もうそれを試すしか道はない。

　それも最初の一度きりのチャンスだ。右手に持っているコンバットナイフをサメの鼻面《はなづら》に突き立てること、そこにしか生き延びるチャンスはない。

　そのことにだけ、クリスは思念を集中させていた。

　コンバットナイフは、いつもはトーマスが簡単な料理用に携帯している、軍隊にいた時から常に愛用していたものだった。

通常のナイフよりは、かなり大型で切れ味の鋭い兵士が持つ戦闘用のナイフだ。

この大型ナイフを鼻面《はなづら》に突き立てれば、間違いなくかなりのダメージをサメには与えられる。が、それでクリスの生存率が上がるか、というと、そういうわけにもいかない。

致命傷を与えられるわけではないのだ。

手負いになったサメは、怒り狂うことになる。与えられた生存率一パーセント未満が上がることはないかもしれない。

やがてサメは回ることをやめ、鼻面をクリスに向けると、鋭く尖《とが》った歯をむき出しにして突っ込んでくる気配を見せた。

クリスもサメの眼をみたまま、ナイフを逆手《さかて》に持ち替え、振り下ろすタイミングだけに全神経を集中させていた。

クリスのすべての神経は目に集中していた。その集中力の塊《かたまり》と化した目は、サメの鼻面一点のみを凝視《ぎょうし》している。

ギザギザの歯をむき出しにして、ついにサメが突っ込んできた。

クリスは、振り上げていたコンバットナイフを、まさに振り下ろそうとした、その瞬間だった、予期せぬ出来事が起こったのは。

足の下から、体全体が持っていかれるような水圧を感じたのだ。それと同時に、クリスの目の前に大きな泡のような水柱が現れた。

何が起きたのか、クリスに分かるはずもなかった。

次の瞬間、クリスの目前からサメの姿が消えていた。そして、クリスの体もその水柱の衝撃で、後方に大きく跳ね飛ばされていた。

なにが起きたか分からぬままに、体勢を立て直すと、彼は大急ぎで海面に向かった、体内の酸素量が限界に達していたのだ。

早く息つぎをしなければ意識が混濁《こんだく》して酸欠で死ぬ。必死の思いで海上に顔をつき出したクリスは、ヒューッ、という笛が鳴るような音を出して息つぎをしていた。

一息ついたクリスが見た、海面に浮かんでいた光景はクリスも息をのむような、それは衝撃的なものだった。

つい数秒前までは、鋭いギザギザの歯を見せて、クリスに襲いかかろうとしていたあの獰猛《どうもう》なタイガーシャークが、今は微動《びどう》だにせず白い腹を見せて浮いている。

サメには肋骨《ろっこつ》がない。そのため腹部を強烈に攻撃されると、内臓破裂を起こし即死する。その上、サメなどの軟骨魚類は、体をひっくり返されると気絶する習性を持っている。

この状況からすると、タイガーシャークは海中で、何物かに腹部への強烈な体当たりを食らったようだ。そう考えたクリスには、新たな緊張感が生まれていた、

（タイガーシャークがやられたのなら、次は俺の番だ……）

という。

新たな敵に備えるために、クリスは用心深く海面に首だけを出して辺りを見回した。

クリスの目に入ってきたのは、タイガーシャークの向こう側を、ゆっくりと泳いでいる、黒と白のまだら模様のシャチの姿。

シャチであれば人は襲わない。それに一安心したクリスだった。が、待てよ……、という思いが生じた。

一瞬、まさか……！、と思ってクリスは念のため、背びれを見た。人間の指紋と同様、シャチの背びれも一頭ごとに違う。

そのシャチの背びれは、まさか……、とクリスが思った通り、時々船に寄ってくる、あのシャチの背びれに間違いなかった。

しばらく考えていたクリスに、ようやく状況が呑み込めてきた。

クリスが泡の水柱だと思ったのは、海中深くからタイガーシャークに向かって真っすぐに上がってきて、弱点であるサメの腹に、体当たりの攻撃を仕掛けてきたシャチの姿。

海の底から弱点の腹部に、強烈な体当たりをされたタイガーシャークに生き延びるチャンスはなかった。

理由は分からないが、あのシャチがクリスを助けに来てくれたのだ。

この状況を見ると、それ以外には考えられない。

クリスは言葉を失っていた。シャチが何の恩義もないクリスの命を、絶体絶命の窮地から救ってくれたのだ、それも命をかけて。

海面に浮上したクリスは、深い感謝の面持《おもも》ちでしばらくシャチを見ていた。が、間もなくシャチは、タイガーシャークを咥《くわ》えると海中へと姿を消した。

三十年余りを海の上で暮らしていると様々な光景に出くわす。

特に小魚の餌になるプランクトンの豊富な北の海は、プランクトンや、それを餌にする小魚の群れを狙ってやってくる海洋生物にあふれている。

シャチもその生き物の一種。

クリスはシャチについて、様々な光景を自分の目で見ているし、また聞いてもいる。クリスの経験を通すと、シャチは決して海の王者などじゃない。

マッコウクジラやヒゲクジラを襲うことは、そう頻繁《ひんぱん》に起こることではない。体が大きく襲えば自分がやられることもあるからだ。

ヒレナガゴンドウやコビレゴンドウなどにいたっては、シャチの出すクリック音を聞きつければ集団でシャチを追い回すことさえする。またイルカやマンボウなどを仕留めようとした時には、ザトウクジラによって邪魔をされたりすることも度々《たびたび》ある。

賢いシャチだ。絶対王者ではない、という自分の海洋での立ち位置は分かっている。そのシャチが危険を顧《かえり》みず、命をかけてクリスを救ってくれた。

体調五メートル余りの大物のタイガーシャークだ。普通であれば、知能の高いシャチは、自分とそう体形の変わらない、こんな大物のサメとは単独で闘わない。

一つ間違えれば自分が食われてしまう。

体調六メートル余りのシャチにとっては、このタイガーシャークは手強《てごわ》すぎる。だがこのシャチは、その大きな危険を冒《おか》してクリスを助けにきた。

そして一撃で仕留めた。

そんなシャチの行動や背景を詳しく知るだけに、このシャチの果敢な行動に、クリスが言葉を失ったのも当然のことだった。

ましてや、このシャチには、クリスに対してのなんの借りも、また恩義もないのだから。

船上からは、ジニーに浮き輪を投げていたトーマスとマック、そして今は船上に立つジニーが、言葉もなく立ち尽くしたまま、海上の光景を見ている。

タイガーシャークと闘うために水中に消えたクリスを見つけようと、彼らは船上から目を皿のようにして、不安げな面持《おもも》ちで、六つの目を海上に這《は》わせていた。

その時、突然海中から大物のタイガーシャークが空中に放り投げられ、その後にシャチの巨体が浮き上がってきたのだ。

まったく想定していない光景が突然、目の前という至近距離で目に入ってきたのだ、それも大型スクリーンで映像を見せられているかのように鮮やかに。

そのシャチの圧倒的な力に、彼らが驚きを通り越して、茫然自失《ぼうぜんじしつ》の体《てい》におちいったとしても無理のないことだった。間もなくクリスも無事な姿を海面に現した。海面に浮かんできたクリスの、その無事な姿に、大きな安堵《あんど》感が船上に立ち尽くしていた三人を包んでいた。

それからだった、そのシャチがたまに姿を見せることがあると、ジニーが自分の小遣《こづか》いをはたいて買った、マグロのような大きな魚を海に投げ込むようになったのは。

ジニーにすれば、自分とキャプテンを助けてくれた……、という感謝の気持ちを表したいのだろう。

シャチが食べているのか、どうかは分からない。が、その後に海面を探してもマグロの姿がないということは、多分食べているのだろう。

クリスは、体の特徴からメスのシャチだと判断し、そのシャチに彼の亡くした娘、キャシーの名前を付けた。

クリスには、命まで助けてくれたこのシャチとは、何かの縁《えん》で結ばれているのかもしれない……、その絆《きずな》を強く感じられたからだ。

今やこの名前は、ジニーの大のお気に入りの名前にもなっている。

第四章　明いたままの目

漁師の朝は早い。暗いうちに漁場に行き明け方には漁をしている。

漁は昼過ぎには終わり、その後は獲物の選別の仕事、それが終われば、翌日の仕掛けに餌を付ける仕事、またその他にも色々な仕掛けの手入れなどがある。

それが済めば漁港に帰るというスケジュール。漁港に帰りつくのは、大体が午後の三時から四時頃という見当になる。

その時間以降は、トーマスとマックは、漁港で明日の漁の下準備に追われる。

バリーは図書館に行ったり、色々な場所、例えば海面上昇が顕著《けんちょ》な場所などに足を延ばして、自分の考えを確認したりしているようだ。

ジニーは勉強の時間。クリスにはジニーの先生の役割がある。クリスもアメリカで屈指《くっし》の大学を出ている。どんな教科でも、教えることにはなんの雑作《ぞうさ》もなかった。

ジニーはまだ十歳。今は自由にさせているが、いつかは社会に出ていく。そのためにもある時期がきたら、いつかは学校に戻してやらねばいけないと思っている。

それまでには、もっといい環境をジニーには用意しておくつもりのクリスだった。

最近では、北極海の沿岸に勉強と称して、バリーは何日も泊りがけで度々《たびたび》出かけるようになっている。なにかの研究に没頭している様子が見える。

時々は沈鬱《ちんうつ》な表情をして考え込んでいる時もある。

バリーが研究を深めれば深めるほど、自然環境の状況は、彼の予想よりもはるかに深刻だ……、ということが理解できてきたのだろう。

クリスも周囲には見せることはなかったが、上質な頭脳と感性を持ち海で生きてきた。

気候変動の影響などには、とっくの昔に気づいている。気候変動の深刻さは、海が起点になっているのだ。だから嫌になるほど、見てもきたし感じてもいる。

だが、長い時間をかけて人間のしてきたあまりにも多くの深刻な過《あやま》ちを、人間はそう簡単に償《つぐな》い切れるもんじゃない、

(いつかはそのツケを払う重大な日がきっとやってくる……)

それがクリスの感じていること。感じてはいるが、それに対して、自分がやれることは何もない、と思っている。

滅びる時はみんな一緒だ。そう思っているから、みんな行動を起こさないのだろう。

もし人間が賢ければ、一縷《いちる》の望みはあるかもしれない。が、環境問題がこんな深刻な現状においてでさえ、世界の大国を見れば唖然《あぜん》とするしかない。

権力欲しかない赤い国の独裁者。征服欲の塊《かたまり》、北の国の侵略者。嘘と欲の塊《かたまり》、超大国の有力な大統領候補。

どこに子供たちが未来を託せる指導者がいるというのか……?

気候変動がこんなに深刻な状況を迎えても、世界の指導者のこの体《てい》たらく。

希望の灯《あか》りはどこにも見えない……、そうクリスは思っている。だからバリーのやっていることは、クリスにとっては遠い世界のこと。

だからといって、クリスはバリーの行動に口をはさむ気はなかった。

むしろ悪化する気候変動が身近に迫ってきても、諦《あきら》めない……、という強靭《きょうじん》なバリーの精神には敬意を感じるこ

とさえある。

このバリーの姿が子供たちにとっては、本来なければいけない大人の姿、なのだから。

だがクリスには、

（この歳だ、もう面倒なことに関わりたくはない……　……）

この気持ちの方が強かった。


夜明け前の時間、船上ではトーマスとマックは漁の準備で忙しくなる。

身の丈で漁をしている。さらにトーマスとマックは、他の船員たちと比較してもはるかに有能だ。クリスが漁の準備に煩《わずら》わせられることはまったくなかった。

ジニーは船室にある小さなベッドで寝ている。こんな漁師のスケジュールは子供には過酷だ。だから、家に居るように、と口を酸《す》っぱくして言うのだが、一緒に行くといってきかない。子供ながらに、自分もこの船の一員、だと思っているのだろう。

だから、夜が明けるまでは、クリスの作った特別仕様のジニー用箱型ベッドの中で、できるだけ寝かせるようにしている。

いつもであればバリーと他愛のない世間話《せけんばなし》に興じているこの時間だが、バリーが北極海の沿岸に、泊まり込みで調査に行っている間、クリスにだけやることがなかった。

そんな時、彼は夜明け前の暗い海をじっと見つめている。心の中を去来《きょらい》する思いは、若い頃の後悔しかない時代。

特に苦しみと悲しみの中で亡くなった妻と娘のことを想うと、今でも息ができなくなるほどに、胸を引き裂かれる思いがする。

妻、ヘザーとは大学卒業後すぐに結ばれた。それは大学時代の四年間を、互いに一途《いちず》な愛を育《はぐく》んできた結果でもあった。

クリスは、この愛と喜びは永遠につづくもの、と信じて疑わなかった。それが崩れる時は、十年経ってから足音もなくやってきた。

大学卒業後、クリスはニューヨーク、ウォール街の有数の投資銀行に就職した。

彼が頭角を現し出したのは入社後三年ほどが経ってから。持ち前の鋭い頭脳の切れを縦横無尽《じゅうおうむじん》に発揮しだした。

会社の所属部門では稼《かせ》ぎ頭《がしら》になった。会社としてはより多くの利益を得るために、当然より多くの運用資金をクリスに回した。数千億円の資金を一人で運用していた。

クリスの仕事ぶりを見ていた上層部は、クリスに企業の売買も任せるようになった。不良債権に苦しむ会社が身売りをしてくる。優良資産と不良資産を切り分け、不良資産の担当部署は問答無用で切り捨てた。

優良資産を持つ企業に変身したその会社は、当然高値で売れることになり、投資銀行は大きな利益を手にすることになる。

その反面、不良資産を抱えた部署にいた社員は失業し、その家族は路頭に迷うことになる。それは経営者の問題だ、とクリスは割り切っていた。

そんなことにまで神経を使っていたら投資銀行では生きていけない。

切り捨てられた社員の一人が、恨みのためにクリスを追い回し始めた。会社の弁護士がすぐに警察と相談して手を打った。

こんなことはたまにあること。こんなことを気にするクリスでもなかった。

クリスの会社生活は、常に脳がひりひりするような緊張感と隣り合わせ。その代償として、接待費は湯水の如くに使いまくった。

稼《かせ》ぐ男には、会社はなんの注文も付けない。いつしか金銭感覚も麻痺《まひ》してきた。

クリスの私生活も結婚後、二年ほどしてから大きく変化してきた。クリスの会社での存在感が増すにしたがって、家庭に対する彼の配慮が徐々に薄くなっていた。

不幸なことに、クリスの関心が仕事へ向かった最大の理由は娘の病気だった。

結婚後一年経って産まれた娘キャシーは、脳性小児まひを抱《かか》えてこの世に生まれた。それを聞いた時、クリスは大きな衝撃を受けた。

二年ほど経って、他の子供と大きく違っていることが目に見えて分かってくると、クリスはたまらない思いに駆られてきた。

感情がまるで通じ合えないのだ。対応のしようがない。

正直言ってクリスには、いつの頃からか、自由に動けない娘には、煩《わずら》わしさ以外の何物も感じることはできなくなっていた。

遠くからまるで他人を見るような、感情の失せた冷ややかな目で体の不自由な我が子を見ていた。それはまるで、壊れたおもちゃを見るような目、に近かった。

この娘のせいで、それまでの明るく陽が射し、希望にあふれた自分の道が、急に陰《かげ》りがさして、霜柱の立つ墨絵色《すみえいろ》の道になったように見えてきた。

その頃からだ、クリスが急激に会社で頭角を現してきたのは。心の通わない娘の顔を見ているよりは、自分の才能にかけてみよう……　……、と彼は思いだしたのだ。

ヘザーには、夫のその隠された気持ちが見えていた。それだけにキャシーが不憫《ふびん》に思えたのだろう、娘には持ちうる精一杯の愛情を注いでいた。

だからといって、クリスの世話に手を抜くということはなかった。だからクリスがヘザーに不満を持ったことは、ただの一度もなかった。

「無理するなよ……」

と、情にほだされることのないクリスが、そうヘザーに声をかけるほどに、細やかな情をもって、ヘザーはクリスにも献身していた。

ヘザーの表情に、怒りや、悲しさなどを見出したことなど、クリスが知る限り、一度もなかった。

それは人としての感情を持っていれば、誰もが心中に潜ませている当たり前の心情。

ヘザーは、彼女の持っている風情《ふぜい》と同様に、ひっそりとその当たり前の心情も、心の襞《ひだ》の奥底へとしまい込んでいた。

ただ一度だけ、ピアノ教室で一年先輩にあたる親友のベスに、クリスのことについて相談したことがある。その日はベスを夕食に招待して、クリスを交えて会食した。

それがベスとクリスが会った唯一の機会だった。

ベスはクリスの中に、彼が無意識のうちに隠していた苦しさを見出していた。その苦しさはクリスの優しさからくるものだとベスは思った。

「クリスは本来優しい人、だから今を耐えれば幸せになれるような気がする……」

ベスはヘザーにそう助言した。ヘザーはベスに感謝していた、ヘザーもそう思っていたからだ。学生時代のクリスは、それはとても優しい人だった。

ベスは丁度《ちょうど》この頃、父親を亡くし遺産を五億円程譲り受けていた。ベスは資産運用の専門家のクリスに電話で相談した、この遺産を安全に運用したいと。

クリスは、こういう要望には打ってつけの慎重な知人をベスに紹介した。

このことが、遠い先になって二人を結びつけるとは、そしてジニーがクリスの手元で育てられる原因になるとは、ベスにとってもクリスにとっても、この時には夢にも思わないことだった。

ある日のこと。長い間献身のみに耐えてきた、ヘザーの体に異常が襲いかかってきた。それは体に蓄積された長い間の体の疲労と、心労が重なりあって出てきた症状だった。

ヘザーはそれでも一人で耐え、気丈に振る舞い、そんな体の状態を爪の先ほどにも、クリスに気づかせることはなかった。

が、耐えに耐えていたヘザーに、とうとうその日がきてしまった。その症状が牙をむいて、彼女に襲いかかってきたのだ。

それは曇り日の底冷えのする日だった。

クリスは、ヘザーの帰りが遅いので病院へ迎えに行った。ヘザーはキャシーの病室で、パイプ椅子に座ったまま上半身を娘のベッドに倒したまま眠っていた。

上半身を起こし、ベッドに背をつけたままの十歳になった娘は、いつものように表情のない顔で目を明《あ》いたまま正面を見ていた。

クリスはなんの感情も見せずに娘を一瞥《いちべつ》すると、

「帰るぞ…　…」

とヘザーに一言残し病室を出た。

いつもなら、そそくさとクリスの後を追いかけてくるヘザーの足音がない。

クリスは大きな舌打ちをして病室へ戻った。明日は朝一番から、副社長が出席する大きな案件の重要な会議が予定されている。できるなら早く帰り、その用意をしたい。

ヘザーは同じ姿勢で眠っていた。

クリスはいらついたように肩を揺すった。その反動でヘザーの上半身が床に崩れ落ちた。

眠っているとばかり思っていたヘザーは、すでに息絶えていた。

仰向《あおむ》けになったヘザーの顔には、まだ涙の跡が消えていなかった。喜怒哀楽《きどあいらく》の乏しかったヘザーの最期の顔には、口惜しさの表情がうっすらとにじんでいる。

独りで逝《い》く最期の瞬間まで、ヘザーは涙を流していたのだろう。

それは愛した娘の最期を看取れなかった口惜しさなのか、何もしなかった自分に対する口惜しさなのか、クリスには判断できなかった。

その感情は一瞬のものだった。崩れ落ちて、床に横たわったヘザーの顔を見た瞬間、クリスは大声を出して叫んでいた。

それはナースを呼ぶという理性的な叫び声ではなく、それはあたかも、ヘザーを失ったために放たれた、心の奥底からの魂の叫び、というようなものだった。

理でしか動かないと思っていたクリスが、理を忘れた瞬間だった。それほどにも妻を愛していた、ということを痛烈に思い知らされた、それは瞬間でもあった。

どれほど悲しくても時は流れていく。

流れていくその時が、悲しみを少しずつ流してくれる。クリスは何とか妻を失った悲しみから立ち直っていた。

それを陰になり支えてくれたのが、ロッド・スタイナー。

彼は、クリスの仕事に穴が空《あ》かないようにと、寝る間も惜しんで協力してくれた。穴が空《あ》けばクリスの会社での居場所は失われる。

この業界はまた、「他人の不幸は蜜《みつ》の味」とか「池に落ちた犬は溺《おぼ》れるまで叩け」という表現にあるような、人としてはなんとも寂しい世界でもある。

チャンスをつかめば、あっという間に登っていけるが、居場所がなくなれば、あっという間に奈落の底にまで転げ落ちていく世界。

その中で、ロッド・スタイナーは何とか穴を空けずにクリスの居場所を守ってくれた。会社の上層部もロッド・スタイナーのクリスへの助力は勿論知っていた。

だがそういう男がクリスの居場所を守っている、というのも、クリスに備わった実力、というように上層部は考えている。

だから、クリスへの評価や待遇が以前と変わることはなかった。

クリスは今からの人生を、ヘザーの遺志を受け継ぐためにも、障害を持つ娘のキャシーを守って生きていかねばならない。その障害のために大きな金も必要になる。

その生活を保証する会社での地位を守ってくれている、ロッド・スタイナーの、この助けには感謝の気持ちで、クリスには言葉もなかった。

妻の葬儀を済ませた後に、気の重い問題がクリスには残されていた。

娘、キャシーの問題だ。今までキャシーの看病に関わったことがない。すべてをヘザーに任せていた。クリスはキャシーの手を握ったことさえない。

キャシーの世話は夜だけクリスがすることにした。日中は神経をすり減らす仕事がある。看護師を雇い日中の世話を頼むことにした。

ヘザーの最期の悔しそうな顔が今でも瞼《まぶた》に浮かんでくる。そのヘザーの魂を少しでも癒《いや》すことができれば…　…、と考え、夜の間は他人がキャシーの世話をすることを断った。

そんなクリスが娘の世話をするということは、他人が思うほど簡単なことじゃなかった。

他人の目をして、この障害を持つ自分の娘を眺《なが》めていたのだ。今まで娘の名前を呼んだことさえもなかった。ましてや娘の体に触れたことなど、ただの一度もなかった。

それでも名前を呼び、慣れない様子でおずおずと娘の手をさすってやろうとした。

娘の手を握った瞬間、思わぬ事態が生じてきた。

それは、それまでのクリスには想像さえできないものだった。

なんと、キャシーが反応してきたのだ。手を強く握り返してきたのだ。

それはまさに驚愕《きょうがく》という言葉以外には考えられない衝撃をクリスにもたらしていた。

それは完全にクリスの想像の埒外《らちがい》（範囲の外）にあった。

あの表情から娘の感情は、とっくの昔に死んだ、とばかり思っていた。驚きのあまり一旦離した手を再び恐るおそる握ってみた。

やはり握り返してきた、しかも温かい手で。

その温かく握り返してくるキャシーの手の力に、クリスの心には、

（まさか…　…、まさか、こんなことってあるのか…　…？）

という、名状しがたい戸惑《とまど》いが生じていた。

そしてその戸惑《とまど》いが通り過ぎた後には、考えもしなかったことが起きていた。

(自分が頼りにされている…　…)

という思いがヒシヒシと、握ったキャシーの手を通して感じられてきたのだ。

そして死んでいるとばかり思っていた自分の娘が、生きていたことに、そして十歳の娘が必死で歯を食いしばりながらも、懸命に生きようとしている姿に、クリスは初めて気がついた。

そういう思いは頭のどこにも、そして微塵《みじん》もなかった。

この瞬間、クリスは半《なか》ば失神しかけて、文字通《もじどお》り腰から床に崩れ落ちていた。

それほどの言葉には言い尽くせないほどの衝撃を、クリスはキャシーが強く握り返してきた手の温かみから受けていた。

クリスは深い、深い悔恨《かいこん》に身をさいなまれることになった。

他人の目をして遠くから我が娘を見ていた自分が、途轍《とてつ》もなく醜怪《しゅうかい》な存在に見えてきた。そして同時に、そういう目でしか我が娘を見られなかった自分に言葉をなくしていた。

幼いキャシーはその間にも、父親の冷たい視線にも耐えて、歯を食いしばり必死で生きようとしていたのだ。

それを自分は、まるで他人を見るかのような乾いた目で眺《なが》めていた。だが妻は、その必死で生きようとしている娘の感情を感じ取っていた。

たまにヘザーが本当に嬉しそうに、クリスに話したことがある、

「今日はキャシーが笑ってくれたんですよ…　…」

その言葉に対して、

(何をバカな…　…!)

と、クリスは思っただけだった。

今は思える、そういう日々が確かにあったのだろう……、と。

それは苦患《くげん》に満ちたキャシーの人生の中でも、数少ない気分のいい日だったのだろう……、と。

その娘の数少ない気分のいい日を、(何を、バカな……!)と、一言《いちごん》の下《もと》に吐き捨てていた自分、

(一体、自分にはどんな色の血が流れていたのか……?)

そんな自分が今はたまらなく、たまらなく醜悪《しゅうあく》に思える。

世の中には、人を人とも思わないそういう醜悪《しゅうあく》な男は確かにいる。クリスも何人かはそういう男を知っている。

そういう男には唾棄《だき》していたが、自分がそうであったのだ、と今初めて気づかされた。

娘と父親の気持ちは、手のぬくもりを通して日増しに通じ合うようになった。無表情に見えたその顔にも、分かり合えれば娘の意思が浮かんで見えた。

それはただ、クリスが頑《かたく》なに見ようとしなかっただけのことであった。

その頃からだった、クリスが病院の非常口から屋上に忍び出ると、声が漏れないようにタオルをきつく顔に当て、号泣するようになったのは。

物心《ものごころ》ついてからの、この五年ほどの間、キャシーは毎日幼い心にも、父親の冷血をヒシヒシと感じていたはず。

必死で生きようとしている自分を、まるで壊れたおもちゃを見るかのような、冷ややかな目で眺めていた父親の視線を感じていたはず。

健常者よりも感覚が鋭くなっているキャシーには、間違いなく父親のその非情な目が分かっていたはずだ。

その自分を、キャシーは今、まるで何事もなかったかのように許してくれている。

ヘザーが亡くなった夜、クリスは娘の顔を一瞥《いちべつ》した。

キャシーはただ無表情に、明《あ》いたままの目、をして前を見ていただけだった。そう思っていた自分の目が誤っていたことに、今、クリスは気づいている。

キャシーは悲しかったのだ。父親からは見放され、自分が頼ることのできる、この世でただ一人の最愛の母親を目の前で失う、という悲劇に遭遇したのだ。

これほどの悲しみがこの世にあろうはずがない。

だがどれだけ悲しくても彼女には、明いたままの目、で正面を見ることしかできなかったのだ。

本当は身悶《みもだ》えをして泣き叫び、悲しみを表したかった。だが実の父親を前にしても不自由な体がそれを許さなかった。

その悲しみにも十歳の娘は耐えていた、いや耐えざるを得なかった。

その絶望的な娘の悲しみを、苦しみを、そしてそれに耐えている幼い娘の気持ちを理解できず、冷たい一瞥《いちべつ》のみを送る親が何処にいるというのだ……。

それを考えると、言葉も出せない。ただ、ただ、肺腑《はいふ》をえぐられる思いがするだけ。

その我が幼い娘に対する大罪に、クリスには屋上でうずくまり、タオルで声を消して号泣する以外に許しを請う方法がなかった。

娘の前では泣くわけにはいかない。娘の前ではもう何があろうと笑顔でいたい。母親を亡くした娘の心に、もう悲しみを溜《た》めさせるわけにはいかない。

その方途《ほうと》が屋上での号泣だった。

身体障碍者《しんたいしょうがいしゃ》がのけ者にされる風潮があるという。

人間失格だ。

その風潮は人間性の喪失《そうしつ》につながる。彼らは生きるという目的のために、その不自由さと懸命に闘っている。不自由であるだけに、その闘いは純粋だ。

健常者と呼ばれる五体満足な我々は、今大切なことを忘れて生きている。そんな我々が、彼らの純粋な生き方から学ぶべきことが如何《いか》に数多くあることか……。

かつてアドルフ・ヒトラーという名の男がいた。彼が健全な国家を作ろうとして最初に為《な》したことは、身体障碍者《しんたいしょうがいしゃ》の抹殺《まっさつ》だった。

人間性を喪失《そうしつ》した者は、優しさ、思いやり、いたわりという人の持つ美徳とは無縁な者と化す。その結果があのホロコースト（大量虐殺）へと向かった。

社会的弱者は、その対極にある者を映す心の鏡。その鏡を壊せば自分も死に至る。天に唾する者と同じことになる。

そしてそれが自然の摂理。

それをクリスは、キャシーを通して、鋭い痛みと深い後悔を通して、身をもって学ばされていた。

父と娘が心を通わせて半年ほどが経った時、今度は神に娘を取り上げられた。それは幼い娘にとって。苦患《くげん》に満ちた、言葉に表すこともできない十年間だった。

それは彼にとっても、神という存在が無慈悲で、無価値になり果てた瞬間でもあった。

最期の病床で、クリスはキャシーの痩せた手を握りしめ、命の細っていく娘の目をしっかりと見ていた。娘の目を自分の心に焼き付けておきたかった。

その目の奥には、確かに笑みが見えた。そして涙が見えた。ヘザーに見えていたものが、やっと自分にも見えた。

キャシーの前では決して泣かないと誓ったクリスだったが、その明いたままの目が閉ざされた瞬間、キャシーのやせ細った体に取りすがり、身をよじりながら号泣を放っているクリスの姿があった。

葬儀を済ませて一週間後、クリスはロッド・スタイナーを自宅に呼んだ。ロッドは今も、会社ではクリスの商権を必死になって守っている。

言葉にできないほどの世話になったロッドにだけは、正直に考えていることを打ち明ける必要がある、そうクリスが思ってのことだった。

ロッドは褐色だったクリスの髪の色が、白く変色していることに驚愕《きょうがく》していた。

一夜にして、衝撃や恐怖のために髪が変色したという話は、与太話《よたばなし》（いい加減な話）として聞いたことはある。が、まさか、それがクリスに起こるとは……。

キャシーの死は、数日で髪の色を白色にさせるほどの、それほどの重い衝撃と筆舌《ひつぜつ》に尽くしがたい苦痛をクリスに与えていた。

一時間ほどの間、クリスはヘザーや娘キャシーに関わる自分の辛い思いを語った。

ヘザーの時は、キャシーを守る必要があるために退職することは考えなかった。が、キャシーの死には、ヘザーの死の時よりは、比較にならないほどの衝撃を与えられた、とも正直に伝えた。そして、己《おのれ》の非情さ、未熟さを幼い娘に、これでもか……　……！　というほどに思い知らされた、と、涙ながらにロッドに語って聞かせた。

ロッドは一言も口をはさまず、時折り涙を見せながら話す、クリスの話に静かに聞き入っていた。

こんなにも打ちひしがれたクリスの姿を見るのは初めてのこと。ロッドの知っているクリスの顔はいつも輝き、自信に満ちていた。

クリスが話し終えた時、

「会社を辞めるのか……　……?」

とロッドは唐突にクリスに聞いた。

唐突な問いにも関わらず、クリスは静かにうなづいた。

「これからどうする……?」

このロッドの問いに、クリスはポツリと答えた。

「北に行って船に乗る、全てを忘れたい……」

ロッドはしばらく考えると、

「分かった、会社での手続きは僕がしておく。落ち着いたら連絡をくれ……」

その言葉を最後に二人は別れた。

クリスと別れた後、彼は自分の置かれた状況に、薄い苦笑いを浮かべていた、

(まったく俺って奴は……)

そう、つぶやきながら。

ロッドは昨年、別の投資銀行で働いていた時に、同様なケースに遭遇していた。やはり妻を亡くして仕事に手がつかなくなった男を助けていた。

男の名前はバリー・ウェストン。

バリーとクリスは、他にはあまり例を見ないような、きわめて優秀な頭脳を持っていた。だが頭脳の切れ味は、それぞれに異なっている。

クリスの切れ味は繊細《せんさい》で、例えれば、日本刀のような鋭い切れ味。バリーのそれは、身幅の厚い中国の青龍刀のような、重さで断ち切るという豪快な切れ味だった。

バリーは金融業界を離れることはなく、今は持ち前の能力を駆使して、出世階段という上昇気流に乗っているよう

だ。

会社を離れたこともあり、今の二人には交流はない。というか、今のバリーにはロッドと会う時間さえ取れないだろう。それほどに、バリーは、小耳にはさんだ噂によれば、超多忙の中で華々《はなばな》しい実績を積み重ねているようだ。

クリスとバリー、まったく性格の異なる二人に共通するもの、それは妻を一途《いちず》に愛しつづけた、ということ。

妻を一途《いちず》に愛することのできる男に悪人はいない、そして心の根っこには優しさがある。が、真にそういうことのできる男は、実際にはそう多くいるわけじゃない。

だからロッドは、妻を一途《いちず》に愛することのできる男を人として尊敬していた。彼らを助けることに代償を求めなかったのは、それが理由だった。

二人と比較して、ロッドの能力は金融業界においてはかなり劣っている。

得手《えて》、不得手《ふえて》は誰にでもあること。それはロッドも承知している。だからロッドは来年辺りの転身を考えていた。

彼は、かつては画家志望の青年だった。が、実業界で名を残せなかった父親の強い要望で、不承不承《ふしょうぶしょう》ではあったが投資銀行に就職した。

だが、その父親が昨年亡くなった。遅きに失したかもしれないが、やっとやりたかった画家への道を再び志そうと思っている。

彼には肌の合わない金融業界への未練はまったくなかった。

ロッドはクリスがニューヨークを出る最後の日、行きつけのレストランで一緒に遅い昼食を共にした。

晩秋の季節だった。店を出ると辺りはすでに赤い夕陽に染められていた。クリスは北に行くバスに乗るため、バスターミナルへと向かった。

大き目のショルダーバッグを右肩にかけて、背を向けて歩いて行く細身で長身のクリスの孤影《こえい》。その孤影《こえい》に、ロッ

ドは大きく声をかけた、

「何をしてもいい、ただ連絡だけは寄こせよ……」

と。

クリスは振り向きもせず、ただ空《あ》いている左腕を大きく上に振りあげると、左手だけをひらひらさせた。そして長い影を残して、夕陽に向かって歩いて行った。

クリスらしさが戻っていた。

第五章　北極海

深い藍色《あいいろ》に染められて、海は静かに目の前に横たわっている。

バリーは立ち尽くしたまま、もう何時間も規則的に律動する波を見ていた。

季節は十一月の半《なか》ば、都会ならしっとりとした晩《おそ》い秋の季節だが、この地域にはすでに雪が舞っている。だが以前の冬とは様相がまるで異《こと》なっているようだ。

以前ならもうこの海には氷が浮くような時節になっているのだが、

「最近は年々結氷の時期が遅くなっている……」

地元の人々は口をそろえるようにしてそう話す。

バリーは北極海沿岸の町にいた。

様々な文献を調べて、北極海が地球温暖化の影響を最も顕著に受ける地域であり、北極海の異常が地球温暖化を加速させる最大の要因になっている、とバリーは理解している。

何がこの北極海で起こっているのか、また近い未来に、どのようにこの海が変わっていくのか、それを知りたくて、感じたくてこの町にきた。

だが海は何も語ろうとはしない。ただ黙したまま、藍色《あいいろ》の体をうねらせながら静かにバリーを見ているだけ。

五日間ほどこの町に滞在している。変わりいく様《さま》をこの目で確かめたかったからだ。

気候変動は、この北極海に端を発していると専門書で読んだ。その北極海を五日間ずっと見つめていた。

自然が僅か五日という時間で、その変化を告げることなどありはしない。でも何かを感じられるかもしれない…

……、そう思ってやってきた。

船を雇って北極海の真ん中まで行ってもみた。世界中で大災害をひき起こしている元凶などと、感じられる凶暴な姿は、目を凝《こ》らしてみたが何処にもなかった。

北極海には、目に見えるかぎり変わったことは何もなかった。

今日見ても、海には五日前と同じ光景が浮かんでいるだけ。が、変わったことと言えば、一つだけ思い当たることがあった。それは、自分の海を見る目。

海の色は静かに揺れる藍色《あいいろ》のまま。

が、その藍色《あいいろ》の海が、バリーに何かを訴えかけているんじゃないか……、そんな気持ちがほんの少しだけ生まれたような気がしている。


地球上で温暖化の影響をもっとも受けているのが北極海。その結果が、海氷の急激な減少につながり、それが地球温暖化の加速要因になっている。

雪や氷の白い色は、太陽光を十—二十パーセントしか吸収しない。

深い藍色の水は九十パーセント近い太陽光を吸収する。従って、海氷が融《と》ければ融《と》けるほど、太陽光を吸収し、北極海が暖められて温暖化する。

その結果、地球全体も高温化することになる。

北極海氷が完全に消失すれば、地球全体の高温化は、二倍のスピードで悪化するという報告もされている。

北極海の海氷域面積は、二千十二年九月には過去最少の三百十八万平方キロメートルを記録し、このままの状況で推移することになれば、二千五十年の九月頃には北極海の氷はなくなるという予測が報告されている。

複数の国にまたがって北極圏の状況に関し、年度ごとの評価を行う「北極圏レポートカード」では次のように述べられている。

「地域における特徴そのものが、変化の一途《いっと》をたどっている。私たち人類は過去に経験したことのない変化を目《ま》の当たりにしている」

そしてこの言葉は、「北極圏ではすでに、修復不可能なレベルで環境破壊が進んでいる」という見方にもつながっている。

様々な問題を「対岸の火事」としてしか見ていない人々の前に、この希望のない世界は、少しだけの時間差を置いて必ず姿を現わす。理由はきわめて明瞭。

地球は丸くつながっている。どこかで起きている問題は、必ず時をおいて自分のそばにまでやってくる、まるで強風にあおられて急速に燃え広がる山火事のように。

ただ、この山火事の場合、火を消す人はまだ何処《どこ》にもいない。

バリーは地球温暖化の弊害の一つとして報告されている、メキシコ湾流のケースを調べていた。

この北極海の温暖化は、世界最大の暖流として知られている、メキシコ湾流の循環《じゅんかん》にも深刻な影響を与えている。

コペンハーゲン大学によると、当初この暖流の仕組みは、早ければ二千十五年にも崩壊するとの可能性が指摘された。が、その後の新たな研究で、世界的な炭素排出量が削減されなければ、二千二十五年から二千九十五年の間に、メキシコ湾流の循環《じゅんかん》が停止すると予測されている。

いずれにしても、多くの時間は残されていない。

この暖流は暖かい海水を南から北へと運び、北極海で冷えて沈み込むことにより、大西洋の海流を動かしている。

もしこの流れに停止を含む、変調が起これば世界中で大混乱が起こるのは必至。

インド、南西アフリカでは降雨が減少し、ヨーロッパでは気温低下、北米東海岸では海面上昇、アマゾン熱帯雨林も深刻な危機に見舞われる状況があるという。

英国、ロンドンの緯度はロシアのカラフトと同位置にも関わらず、冬場も気温が氷点下になることは年に数日もない。夏も暑くならずに暮らしやすい。

これはすべて暖気を運んでくるメキシコ湾流のおかげ。もしこのメキシコ湾流が停止すれば、暖気は消失し、気温の急激な低下によって、未曽有《みぞう》の大混乱につながることは必至の状況。

ロンドンだけではなく、北ヨーロッパに住む数えきれない人々が、住む場所を追われ、深刻な状況に見舞われる。予測が正しければ、残された時間は最大でも七十年余り。このわずかな残り時間を考慮すると、人々の動きはあまりにも遅すぎる……。

二千二十四年、厳冬の最中《さなか》にあるはずの二月の中旬に、二十度を越える温度上昇を東京でも記録した。

この異常気象により、身近な庶民《しょみん》の楽しみである氷上のワカサギ釣りが中止になった。そして雪不足により冬祭りの多くがとりやめになっている。

この異常気象は日本だけでなく、地球規模で生じている。

「修復不可能なレベルで環境破壊が進んでいる」

という見方が、この現実を通して不気味《ぶきみ》さを漂わせながら身近《みじか》に迫ってくる……。

この加速する異常気象の中では、残された時間は最大でも僅か七十年余りという、その余裕さえも、すでに失われているのかもしれない。

温度上昇の危機の足音は、すでに分水嶺を越えて、普段の人々の生活を変えさせるところまで迫ってきている……。

多くの人々は、自分の生きている間に何もなければ、それでいい……、とでも思っているのだろうか？　子や孫はどう生きていけばいいのか……？

バリーの思考は、いつもここで停止する。

さらに危惧《きぐ》すべきことは、新たな深刻な問題が北極海で広がりを見せていること。

それが海洋酸性化の問題。

アメリカ海洋大気庁の科学者チームは、海洋酸性化が北極海で面積、水深ともに急速に広がっていると報告している。

酸性化の主因は海水の循環《じゅんかん》パターンで、冬季に太平洋から北極海へ流入する水が増加したことだという。

二酸化炭素を大量に含んだ太平洋の海水は、さらに二酸化炭素の濃度を高めながら北極海に流入して、海域の酸性度を増す。冬になり結氷すると、氷の下の酸性化した水が重くなり、下層に沈んで深海にも広がっていく。

サケやニシンの重要な餌である、動物プランクトンの一種、巻貝の幼生は翼足類と呼ばれ、小さいながらも殻《から》を持つ。

その殻《から》が、酸性化した海水のために溶けて形成維持が困難になり死に至る。この状況が今広がりを見せている。

実際にサケの胃の中からは、殻の一部が溶けた巻貝の幼生が確認されている。

酸性化が進めば、殻を持つ動物プランクトンが死滅する恐れも生じる。そうなると、この地域における食物連鎖に重大な影響を及ぼす。

当然このことは、人間の漁業にも深刻な影響を及ぼすことになるし、食糧危機という観点から、近い将来の人類の存続《そんぞく》にも多大な影響を及ぼすかもしれない。

これは海洋酸性化弊害《へいがい》の一例に過ぎない。

今、海には他にも多くの異常、例えば魚の大量死、クジラの不審死、イルカの方向感覚の狂い、などなど多くの報告がされている。

さらに研究が進めば、他にも色々な問題を生じていることが報告されるだろう、海洋の異常が海の生態系を激変させることは容易に想像できる。

自然の長い時の流れの中で、気候が、また海洋の状況が変動していく変化には、進化という手段で多くの生き物たちが適合し生き延びてきた。

が、人間がもたらした急激な気候変動には、進化するための時間がない。殆どの生き物たちは対応できず、その結果、絶滅危惧種が急激に増加している。

生き物たちの一種である人間も、その例外とはなりえない。

因果応報。最終的にはその報いは当然人間に降りかかることになる。人間も早晩、絶滅危惧種の一つに数えられることになるのだろう。

様々な環境問題そして環境破壊を研究、検証してきたバリーの意識は、人類存続の危機を危ぶむほどにまで高められている。

海を見ながらしばし思いにふけっていたバリーは、改めて北極海に目を転じた。

世界中を大混乱に陥《おとしい》れているような凶暴な姿はどこにもない。

世界最大の暖流を停止させて、急激な寒冷化を招き、数多くの北欧の人々を漂流させる、というような荒々しい力も感じられない。

だが、現在高温化と乾燥化で歴史的大規模火災が頻発《ひんぱつ》し、また世界中で大洪水が発生し、多くの人命を奪い去っている状況は紛《まぎ》れもない事実。

すべてがこの海から始まっている。

だがこの藍色《あいいろ》の海は、静かに眼の前に横たわっているだけ。沈黙する海を眺めていたバリーに、唐突に胸中にきざしてきた感覚があった。

それは、時の流れに関する思い。

多くの人間は長く生きたとしても、精々、九十歳が限度だろう。自然の時の流れでは、九十年という時の長さは、一瞬の瞬《また》きの時でさえもない。

その短い時間しか生きられない人間である自分が、悠久《ゆうきゅう》の時の流れに生きている自然の変化を見にきても、それは無理なこと……。

それをこの海に教えられているような気がした。自然の時の流れと人間の時の流れは、比較のしようがないということは、当然意識の中にはある。

が、なにも語らない海をじっと見ていると、見えない時の流れが肌に感じられる、という不思議な気分にもなってきた。それがとても新鮮にバリーには感じられた。

この時からだったような気がする、

（環境破壊の問題には、時の流れが密接に関わっている……）

という感覚を得て、バリーが時の流れに深く関心をいだくようになったのは。

はるか昔には、環境への侵害は自然に対する、ごく小さな負荷《ふか》、ぐらいのもので、人の目に見えるようなものでもなかった。

それが千年、二千年と時が経つうちに、人口の緩やかな増加に伴い、自然への侵略が始まる。その結果、一部では自然の荒廃《こうはい》ともいうべき状態を作りだしてきた。

が、この時はまだ人口の増加もごく緩《ゆる》やかで、環境破壊と呼ぶべき深刻な状況からは、はるかに遠い時代だった。

この状況を劇的に一変させたのは、十八世紀半ばから十九世紀にかけてイギリスで起こった産業革命という時代。

この時代に初めて、環境破壊の元凶と見られる人口爆発という現象が起きている。


十か月ほどの間に、バリーは計三度北極海沿岸の町に旅をした。

一度目は五日間の旅。

(とにかく北極海を見てみたい……)

その一念で旅立った。

ただ表情の変わらない海を、じっと五日間見ているだけの旅だった。

二度目は七日間の旅。

(なにか大事なものを、あの海に忘れてきたような気がする……)

その思いに追われるように旅立った。が、この時、なにかひどく気がかりな物が、バリーの脳裏に引っかかっているような気がしていた。

気がかりな物の正体は見えてこなかった。それが何なのか、身構《みがま》えて見ようとすると、その正体は遠ざかるようであった。だからバリーはしばらく放っておいた。

北へ向かう飛行機の座席についた時、その気がかりな物の正体が突然バリーの目の前に姿を現した。それは、

(海が自分を呼んでいる……)

という奇妙な感覚だった。何故こんな感覚が浮かび上がってきたのか、それがバリーには解《げ》せなかった。

このことを正しく理解できるのは、三度目の旅の後……、ということにバリーは後から気づかされることになる。

この時のバリーには何も分からず、その奇妙な感覚に、ただしきりに首を捻《ひね》ることしかできなかった。

自然の時と人間の時間というものを、考えさせられる二度目の旅になった。が、勉強不足をバリーは、この二回目の旅で痛切に思い知らされていた。

何かを感じたのだが、十分な研究ができていなかったバリーには、その何かに、たどり着くことができなかった。バリーは、そんな自分に激しい苛立《いらだ》ちを感じていた。

そのために、連日図書館で遅くまで研究し、彼なりに得心したうえで、三度目の旅にのぞんでいた。

（あの海と、より深く語り合いたい……）

そういう強い思いを持ち旅立った。

海が自分を呼んでいる……、という感覚は前回同様に湧き上がってきたが、それは前回よりもはるかに強く感じられてきた。

（海は何かを僕に訴えたいのか……？）

そうバリーが思ったほどに、それは彼の中に胸騒ぎをもたらすほどの感覚だった。

三度目の海との語らいで、混乱していたバリーの意識の中にあった、時の流れと環境破壊の関係が、徐々に収《おさ》まりをつけていった。

別に海が何かを語る訳じゃない。

幾列もの白い波が、静かな潮騒の音と共にバリーの足もとに打ち寄せてくる、海はそうしてバリーの頭の中の葛藤《かっとう》を黙って見守るだけ。

バリーの意識の混乱は、その海の静謐《せいひつ》の中で順序だてて整理されていった。

整理された彼の脳裏に浮かび上がってきた意識は、環境破壊の問題は昨日や今日に始まった問題じゃなく、はるか遠くの昔から継続されてきた、というもの。

現生人類の祖先をホモサピエンスとするならば、ホモサピエンスは約二十万年前に出現して現在の人類にまで進化してきている。

それ以前にも類似《るいじ》の複数の人類はいたようだが、いずれも環境の変化に適応できずに絶滅したといわれている。現生人類は高度な知能に恵まれ、そのおかげで環境に順応し、現在にまで種を維持してきている。

が、その高度な知能によって、周囲の生き物たちとの共生を必要とせず、人間が自己の利便性のみを、長い間追い求めてきた結果が現在の環境破壊の原因になっている…　…、この考えがバリーの胸中にきざしてきた。

長い間の緩慢《かんまん》な自然の荒廃《こうはい》は進行していたが、それは環境破壊と呼べるような深刻なものじゃなかった。その状況を一変させたのが、イギリスで生まれた産業革命と呼ばれる時代の到来だ。

十八世紀半ばから十九世紀にかけて出現した産業革命はすべてのものを激変させた。現在の環境破壊で最大の原因は人口爆発とも呼ばれる人口の激増。

この人口爆発が、産業革命を契機に出現した。

産業革命当時の十八世紀半ばから十九世紀にかけてのイギリスの人口は、千七百五十年に六百万人だったものが、千九百一年には、その五倍の三千万人に膨《ふく》れ上がっている。

人口が五倍に膨《ふく》れ上がった理由は様々にある。例えば、技術の進歩による食料の増産能力の急拡大、医療の進歩、工業化等々。

この産業革命により、世界の他の地域でも同様な状況が出現する。従ってこの産業革命が、世界的な人口爆発の誘因《ゆういん》と考えられている。

世界人口は長く緩《ゆる》やかな増加をつづけてきたが、産業革命を契機として人口爆発と呼ぶべき速度で急増している。

西暦一年頃には一億人（推定）ほどだった人口が、千年後には約二億人（推定）となり千九百年には十六億五千万人にまで増えた。

その後、千九百五十年に二十五億人を超えると、五十年後の二千年には、二倍以上の約六十一億人にまで人口が激増している。

現在（二千二十四年）の人口、約八十億人。二千五十年には約百億人という予測も出されている。先進国では当然のことながら人口の自然少数化が始まっている。

だが、世界の多くの発展途上国を見ると、人口増加の問題に対しては治安及び貧困との兼ね合いで、何の施策も打ち出せてはいない。

このことが世界人口の増加を促し、深刻な飢餓を呼び込む一因にもなっている。

産業革命の時代は文明が一斉に花開いた時代、と呼んでも過言ではないだろう。実質的な環境破壊はこの時代から始まったといっても、それもまた過言ではない。

この後、人口は爆発的に増加をつづけ、その人口の増加によって、人は他の生き物たちの生息域へと侵入せざるを得なくなった。

結果として、かろうじて保たれていた環境も破壊され、他の生き物たちは絶滅への道を歩きつづけている。このことはまた、地球の許容限界を示しているのかもしれない。

文明と人口は正比例している。

「文明とは人の欲、文化とは人の心」。バリーには、そう思えてならない。

「文明の前には森があり、文明の後には砂漠が残る」

この言葉を初めて聞いた時、バリーは、この言葉こそ文明の正鵠《せいこく》を射た至言、との思いを深くしている。

ホモサピエンスは高度に発達した頭脳を駆使して、ホモサピエンス以前の人類が乗り越えられなかったきびしい環境を克服して生きのびてきた。

その頭脳はきびしい環境を生きのびるためには必要不可欠なものだった。が、生存が保証された今、その頭脳は、今度は文明というものを生みだし、人類を破滅の道へと導いていこうとしているのではないのか……？

そして二度目の旅に出る時に湧き上がってきた、ひどく気がかりな物の正体が、この、

（文明が人類を破滅の道へと導こうとしているのではないのか……？）

という暗示のように、バリーには思えてならない。

（海が自分を呼んでいる……）

というあの時の奇妙に思えた感覚は、正しい方向を指し示していた、そして、この三度目の旅が、そのことを裏付けてくれた……、とバリーは思っている。

過去そして現在を、正しく理解できなければ、未来に向けての正しい道筋を描くことはできない。

この暗示を与えてくれた、海からの呼び声にバリーは感謝していた。

船上では、ロブスターの入った籠《かご》を巻き上げるウィンチの音が甲高《かんだか》く響き、三人が操業に集中している。スティーブン漁港では、秋のロブスター漁の季節を迎えていた。

船内ではクリス、トーマス、マックが忙しそうに動き回っている。バリーとジニーはその三人が仕事をしている姿を、邪魔にならない程度の距離をあけて観察していた。

この作業に従事している間、三人は集中してほとんど口を開かない。三人三様の仕事を熟知しているからだ。

三人とも流れるような見事な手さばきで、目の前の作業を遅滞《ちたい》なくこなしている。この高い作業の効率性があるから、三人だけでこの漁をやっていけるのだろう。

漁獲されたロブスターは、資源保護の観点からサイズや性別による選別が課されている。ロブスターの気性は荒く、鋏《はさみ》を振り回し仲間同士で傷つけあうことも珍しくない。だから商品価値を損《そこ》なわないように、市場に出す前にゴムバンドで鋏《はさみ》を固定する作業もある。

また鮮度を保つために、処理をし終えたロブスターはまとめられ、船側に括《くく》り付けられている大きな網に入れて、海の中に沈めたまま漁港に持ち帰る。

それ以外に籠の回収、手入れそして次の漁のための餌付けの作業などなど、単価の高い漁獲物を扱うには、それなりに多くの手間《てま》ひまがかかる。

その作業が一段落し昼食を終えた昼下がり、船は漁港に向けて進んでいた。

昼食後の短い休憩の後、トーマスとマックは船上で残っている雑用を黙々と片付けている。クリスは船室で船の舵《かじ》を握りながらバリーと他愛《たあい》のない世間話に興じていた。

何だかぎこちない感じに見えた二人だったが、最近話を交わしている姿をよく見るようになった。

最初は互いに憚《はばか》るような気分があった。それがいつとはなしに双方から歩み寄っていった感じはある。深く鋭利な頭脳を持つ二人だ。互いに、興味を惹《ひ》かれる何かを、感じ合っているのかもしれない。

その時だった。船側で海を見ていたジニーの、

「キャプテン、おじさん早くきてー……　……」

という子供特有の、よく通る黄色い声が二人の耳に届いた。二人は、

（一体何が起きたというんだ……　……？）

というような顔つきをして船室から顔をのぞかせる。ジニーは満面の笑みを浮かべて、飛び跳ねながら海に向かって手をふっていた。

二人がジニーの傍《そば》にきて、ジニーの視線と同じ方向を見ると、驚いたことに、その視線の先には、最近姿を見せなかったキャシーが悠々《ゆうゆう》と泳いでいる。

よく見ると、小さいシャチもキャシーにまとわりつくようにして泳いでいる。

この四か月ほどキャシーを見ることはなかった。クリスも気にはなっていた。心なしかジニーが元気をなくしていたからだ。

ジニーは、自分たちを助けてくれたキャシーを友達だと思い込んでいる。そのキャシーが子供を連れて挨拶にきたのだ。ジニーにとってはこれほどに嬉しいこともなかった。

「キャシーはあたしたちに赤ちゃんを見せにきたんだ……！」

飛び跳ねながら喜んで、ジニーはそう無邪気《むじゃき》にクリスに話しかけている。

この四か月ほどキャシーが姿を見せなかった理由が、これではっきりした。キャシーは出産していたのだ。産まれたばかりの子供は、当然のことだが動きが鈍い。

船や人間のいない海域で、もう大丈夫……、という見きわめが付くまで、子育てをしていたのだろう。

時々、キャシーが子供の下に潜り込み、子供の体を浮かせて呼吸がし易いようにしてやる。子供はまだ上手には泳げない。遊びの中で泳ぐけいこもさせている。

なんとも言いようのないほほえましい光景が、海の上では展開されていた。

バリーは横目でチラッとクリスを見た。クリスの笑顔が微妙に歪《ゆが》んでいることに気づいたからだ。

驚いたことに、シャチの母子を見るクリスの目には涙が湛《たた》えられていた。

しばらく、なにかを探るように考えていたバリーは、やがて数日前にロッド・スタイナーから聞かされた話を思い出していた。

先日、北極海沿岸の町からの帰途《きと》に、小さな姉妹《しまい》への手土産《てみやげ》を下げてバリーは、少し足を延ばしてシアトルのロッド・スタイナーの家を訪《おとず》れていた。

時々、夕食を一緒にするためにバリーは、この小さな家を訪《おとず》れるようになっている。

バリーは家族のみんなに好かれているとも感じている。それも一時は人間不信に陥《おちい》ったバリーの心を癒《いや》してくれている。

バリーは変わった……、そうロッドは思っている。小さい孫娘、二人を見る目の光を見れば、それが分かる。それは慈《いつく》しみにあふれていた。

クリスと暮らしているジニーの話をする時なども、

（これがあのウォール街で、かつて権勢を誇っていた男なのか……）

というほどに柔和《にゅうわ》な表情に変わる。

ロッドには大人を見る基準がある。それは子供を見る目。子供の無邪気《むじゃき》さ、やさしさに触《ふ》れれば、心ある大人たちの目は穏《おだ》やかになる。

そうならない大人たちもいる。

ロッドは思っている、彼らはすでに修理不能な壊《こわ》れてしまった大人たち、なのだと。そしてこのロッドの人を見抜く目は、四十代に入ってからは滅多に狂ったことがない。

先日バリーがきた時、クリスに対して深い興味を抱いていることにロッドは気づいた。

異なった強烈な性格を持つ二人だったが、その二人が理解し合うということは、決して悪いことじゃない。

そう思ったロッドは時間をかけて、彼の妻ヘザー、娘キャシーに関わる悲しい話を、余すところなくバリーに語って聞かせた。

この話しを知らずして、クリスを理解することは不可能だからだ。バリーは深い目の色をして、一言も口をはさむことなくロッドの話に聞き入っていた。


バリーは横目でクリスを見ながら、ロッドから聞いたあの時の話を思い出していた。

（あの仲睦《なかむつ》まじく泳いでいるシャチの母子に、生きていた頃のヘザーとキャシーの姿を見ているのかもしれない……）

そう思ったバリーは、シャチの母子を見つづける二人を残して静かに船室へと戻った。

船室にもどったバリーは、何故《なぜ》か心に残ったジニーの発した言葉を考えていた、

「キャシーはあたしたちに赤ちゃんを見せにきたんだ……！」

まるで本当の友達に声をかけているような言葉。

以前のバリーであれば、気にも留めなかった言葉。が、船に乗るようになってからは、その感覚が変わりつつある自分を最近自覚し始めている。

ジニーに、サメの攻撃からキャシーに救われた話を聞いた。半信半疑で、そういうことがあったのか？　とクリスに聞いてみた。クリスは、

「海には色んなことがあるもんさ……」

と軽い笑みを浮かべて、そう返してきただけ。

バリーはその時、半年ほど前に起こった、ある出来事を思い出していた。

夜明け前のこと、ジニーはぐっすりと寝入っていた。まだ暗い海は弱い月の光で蛍光体《けいこうたい》のように、ボーッと浮き上がって見えていた。

そんな時刻、船側で二人で語り合っていた時のことだった。

急にクリスが海面を指さした。その指先の延長線上にはシャチの姿があった。漁網をヒレに引っかけて漁網がキャシーの半身を覆っている。

最初はクリスもキャシーが漁網と遊んでいるものと思っていた。キャシーを見る笑みを崩すことはなかった。

が、しばらく経ってもキャシーは、そのままの状態で船と並走していた。

それから二分ほどが過ぎた時だった。

クリスの表情が突然こわばると、いきなりシャツを脱ぎデッキシューズを脱ぎ捨てると、バリーが、あっ、と言う間もなく、クリスは海中に飛び込んだ。クリスはジニーがサメに攻撃されて以降、常に鋭く研《と》がれたコンバットナイフを鞘《さや》に入れて腰にさしている。

クリスはキャシーに抜き手を切って泳ぎ寄ると、やさしくキャシーを触《さわ》り、巨大なヒレに取りついたそしてコンバットナイフを抜き放つと、網目の一つ、一つに鋭いナイフの刃先《はさき》を注意深く差し込み、絡まった漁網を丁寧にキャシーから切り離していった。

不思議なことに、時折り体をくねらせていたキャシーは、クリスが彼女の体に取りつくと、すべての動きを止めたかのようにバリーには見えた。

ヒレの根元が少し傷ついていたが、これぐらいの傷であれば自然治癒《ちゆ》するだろう。捨てられた漁網がこの傷に絡んでいた。

漁網は丈夫に編《あ》まれている。思いの外《ほか》時間がかかったが、それでも三十分ほどで絡んでいた漁網をすべてキャシーの体から切り離すと、クリスは再度キャシーの体をやさしく触《さわ》り彼女の体を離れた。

反対側の船側にいたトーマスとマックも、海中にクリスが飛び込んだ音を聞くと、急いで駆けつけてきた。

二人は、海上にいるクリスの様子で、無言のうちに状況を理解すると、クリスが船に上がってこれるように、常備されている梯子《はしご》を船側にかけ、何事もなかったかのように、クリスとは一言の言葉も交わすことなく彼らの仕事に戻った。

夜が明けたらすぐに漁が始まる。トーマスとマックには、このことに時間をかける余裕はもうなかった。この三人の間には、深い信頼が暗黙《あんもく》のうちに醸成《じょうせい》されていた。

切り離した漁網と一緒に、船の上に上がってきたクリスの最初の言葉は、

「気づくのが遅すぎた。さぞキャシーは痛くて苦しかったことだろう……」

クリスは自分を責めていた。

その時バリーに湧き上がってきた感覚は、

（この男は何という男なんだ……！）

という思い。

自分であれば逆立《さかだ》ちしても、あの状況でいきなり海中に飛び込むなんて真似《まね》はできない。その果断な行動は口にせず、先ず痛みを受けたキャシーのことを思いやっていた。

そのクリスの姿に、バリーは、人に備わる真の優しさというものを見ていた。

そしてこの時、ジニーが話してくれた、

「キャシーがサメの襲撃からキャプテンを救ってくれたの……」

この話が真実であることも、このクリスの行動を通して、ストンとバリーの腑《ふ》に落ちた。

バリーが海上に目を戻すと、キャシーは三度ほど船の周りを回り、その後、海中へと姿を消した。バリーはその時、改めて思った、

（クリスとキャシーの間には、心を通わせる何か、強いものがあるんだ……）

と。ジニーの、

「キャシーはあたしたちに赤ちゃんを見せにきたんだ……！」

という先ほどの言葉は、バリーの今のその思いを証明する言葉になっている。

以前のバリーなら人間以外の生き物が優しい心を持つなんていうことは、とてもじゃないが信じられなかった。

だが、キャシーにまつわる話を聞くと、それを認めざるを得ない。そして自分がこの目で目撃した光景も、それを肯定《こうてい》するもの。

人間はあまりにも、人間自身を過信し、自然を知らなすぎる……、という、いつもバリーが思っていることが、またバリーの心に浮かび上がってきた。

つい二年ほど前には自分もそうだった……。それを思い出したバリーには、苦笑《にがわら》いを浮かべるしかなかった。

「自然は不思議に満ち溢れている……」

というフレーズを以前何度か聞いたことがある。ロマンを感じる旅へ誘うための観光会社のキャッチコピー。

自然に不思議はない。全てに理屈があり、道理がある。人間の知恵がそこまで行っていないだけのこと。この無知が環境破壊の大きな一因にもなっている。

宇宙開発もいい。だがそれは地球を理解した後のこと。かつて、地球に住めなくなったら、宇宙がある……、といった考え方が持て囃《はや》された時期があった。

地球が人の住めない死の星になったら、どこへ逃げるというのか？

宇宙空間への未知の旅……、言葉の響きはいい。

だが実際にそういう状況に追い込まれたら分かるだろう、それは希望を失った後の、絶望への旅だ、ということが。

その時は、すでに地球という人間の帰ることのできる、住める星はないのだから。

今はまだ人間には住みつづけていける星がある。

その星をこれ以上壊してはいけない、人間にとって、地球程素晴らしい星はないのだから。それがバリーの常に思っていること。

その美しい地球を保つためには……？

近道を示す道標《みちしるべ》はどこにもない。近道を行こうとすると、新たな問題、さらに深刻な問題に直面するだけ。

良心を持つ科学者は語っている、

「科学を利用して近道を行こうとすると、取り返しのつかない結果が待っているかもしれない……」

と。人間の科学とはそれほどのもの。

環境の再生には、時間はかかるが自然の足並みに合わせた地道な努力しかない……、というのがバリーの揺るがぬ考え。だが、その道筋《みちすじ》が中々見えてこない。

第六章　終末時計

海上には、泡立《あわだ》つように白い波が立っている。

その中を、七頭のシャチの群れが、波を蹴立《けた》てるほどのスピードで泳いでいた。白い波に乗って泳いでいる七頭の先頭はキャシーだった。

キャシーはメスでありながら、体長は六メートルを越える、オスと遜色《そんしょく》のない体格をしている。その優れた体格からくるものなのかもしれない、高速で泳ぐことはキャシーのもっとも得意とするところ。

今は、その能力の八十パーセントほどの、時速六十キロ余りのスピードで泳いでいる。

単独の時は、時速八十キロほどの高速で泳ぐこともある。

泳ぐ哺乳類の中ではシャチのスピードが最速。しばらく先頭に立っていたが、間もなくこの群れのリーダーである母親と先頭を代わる。

シャチの社会は母親を中心とする母系の家族社会。だからほとんど群れの中での問題は起こらない。

生き物において、メスの特質は、出産を第一とした母性による「和」。オスの特質は縄張り争い、強い種を残すための「腕力」にある。

ただシャチのオスの場合、群れのメンバーは家族なので、その腕力は外敵、または獲物を攻撃するときに発揮される。

このオスとメスの特質は、人間のそれと殆《ほとん》ど変わることはない。

ただ人間は父系社会。その所為《せい》なのだろう、「和」よりも「腕力」が優先され、腕力を使った戦争と呼ばれる、血なまぐさい争い事が有史以来現在でもなお繰り返されている。

「和」を優先する「母系社会」のシャチの群れに、争い事が生じることはまずない。

もう十年以上もキャシーの母親がこの群れのリーダーを務めている。シャチのメスの平均寿命は約五十年から八十年。最高年齢が百五歳という記録も残っている。

これから先も、母親がこの群れを率いていく。その母親がキャシーに近づいて来た。先頭を変わる時がきたようだ。

水の抵抗を受けて、先頭のシャチにはどうしても高い負荷がかかるために、スピードが落ちてくる。

群れ全体のスピードを落とさないために、シャチは交代で先頭を務める。

キャシーは先頭を母親に任せて後方へと下がっていく。自分の子供は妹のシャチに任せて久しぶりの狩りに参加していた。

高度な知能を有するシャチにはベビーシッテング（子守）という習性がある。子供を妹に預けたキャシーは、なんの憂いもなくこの狩りに加わっていた。

獲物を探していた同じ群れのシャチから、「獲物発見」のクリック音がリーダーに届いたのだ。

獲物は久しぶりに大物のマッコウクジラのようだ。

シャチはクリック音を照射し、戻ってきた音波を通して相手の姿かたち、また相手との距離を認識する。

これはコウモリが照射する音波、エコーロケーション（反響定位）と同じ理屈。

相手がマッコウクジラと認識することなど、このエコーロケーションを使えば、雑作《ぞうさ》もないこと。この能力には驚くほどの精緻《せいち》さが秘められている。

マッコウクジラは十六メートルほどのオスのマッコウクジラのようだ。

マッコウクジラの好物は深海に住む、ダイオウイカやクラゲイカなどの大型のイカの種類、また　ツノザメやウバザメといった大型の深海魚類なども、マッコウクジラの獲物になる。

生涯の三分の二ほどを深海で過ごし、マッコウクジラもまた光の届かない深海では、シャチと同様に、エコーロケーション（反響定位）を縦横《じゅうおう》に駆使して狩りをしている。

マッコウクジラのエコーロケーションの威力はエコーロケーションを使う生き物の中でも最強といわれている。獲物を追い詰めてピンポイントで音波を照射すれば、獲物を仕留めることができるほどに強力。

その音波の威力は二百三十デシベル以上の大音響にもなるといわれ、獲物を仕留める武器にもなる。因《ちな》みに、人間の鼓膜《こまく》は百九十デシベルほどで破裂する。

それに加えて、体長はシャチの優に二倍を超え、体重は七倍近くの四十トンほどもあるのだ。まともに体当たりを食らえば、如何《いか》にシャチといえども命はない。

深海の主《ぬし》ともいえるこんな相手では、一頭で挑んでもまったく勝ち目はない。

獲物を見つけたシャチも、マッコウクジラに気づかれないように、遠くからエコーロケーションを使って見張ることしかできなかった。

だが獲物を追ってマッコウクジラが、一千メートル、二千メートルの深海への急速潜行に入れば、もうシャチには追いかけるすべはない。

必要があれば、三千メートルへの深海へでも、このクジラは潜っていける驚くべき能力を有している。

マッコウクジラはクジラの中でも、特殊な深海潜行型として高度な進化適応を遂げた種だ。その理由はマッコウクジラの内部構造にある。

マッコウクジラは体長の三分の一ほどにもなる巨大な頭部を持っている。その中には二千リットルほどの脳油が蓄えられ、それを利用することで、時間をかけることもなく急速潜行、急速浮上を可能にしている。

脳油はマッコウクジラの体温下では液状だが、約二十五度ほどで凝固《ぎょうこ》する。

このことから、潜水の際は海水を吸い込んで脳油を冷やし、固化させて比重を高める。そして浮上の際は海水を吐き出して脳油を温め、液化させることで比重を低くする、と考えられている。

この説を裏付けるように、潜水、浮上は、ほぼ垂直に、それも急速に行われることが確認されている。

こんな能力を持つマッコウクジラが相手だ。獲物としては決して簡単な相手ではないし、一頭で相手をすることは自殺行為、ともいえるほどの難敵。

そしてこれが、キャシーの七頭の群れが狩りの現場へ高速で向かっている理由だった。

やがて、七頭の群れは見張りのシャチに合流した。

見張りのシャチを入れて八頭になった群れはしばらくクリック音を出して、交信していたが、間もなくキャシーの母親の指示でバラバラに散開して海中へと潜っていった。

シャチがクジラ類から追われることは珍しくない。そのクジラ類との長い闘いの歴史を通して、シャチもクジラとの闘い方を学習してきた。

当然、マッコウクジラの驚くべき能力も、今までの闘いを通してシャチも熟知している。その上でシャチもマッコウクジラを仕留めるための計画を練る。

キャシーの母親も、当然マッコウクジラの能力を熟知し、その上で周到な計画を練っていた。シャチとクジラの闘いは、知対知、の闘いになる。

マッコウクジラもエコーロケーション（反響定位）を使って深海の獲物の居場所を確認する。確認後急速潜行して獲物を追いかける。

エコーロケーションの音波は一千キロメートルにわたって伝わるといわれる。深海に獲物がいれば、容易に探り出すことができる。

さらに一度潜水すれば、このクジラは四十分から六十分の間は潜っていられる。

マッコウクジラが潜水し、狩りをしている間にシャチにできることは何もない。ただ広がってひたすら待つだけだ。

その間、各シャチはエコーロケーションの音波をマッコウクジラに照射し、行動を確認している。

やがて、マッコウクジラの体内に貯えられた酸素が少なくなってくると、マッコウクジラに海面への上昇の気配《けはい》が見えてくる。

この気配《けはい》を八頭のシャチの群れはずっと待っていたのだ。

一番先に動くのはリーダーのシャチ。彼女も音波照射でマッコウクジラの気配を感じると、ゆっくりと動き出す。群れの他のメンバーも動き出しゆっくりとマッコウクジラに近づいていく。

海面近くにまで上昇してくるまでは、静かに見守り誰も手を出さない。

マッコウクジラが息継ぎのために海上に顔を出そうとする、その瞬間から、シャチの群れとマッコウクジラとの命をかけた闘いが始まる。

先ず体の大きなオスのシャチが先陣を切る。急激に速力を上げてマッコウクジラに近づくと、先ず猛烈な体当たりを敢行する、呼吸をさせないための最初の攻撃。そして二頭目のオスがマッコウクジラの巨大な体に圧《の》しかかっていく。

攻撃の当初は、マッコウクジラも余裕をもって、このシャチの攻撃に対応するが、四頭のオスがこの反復攻撃を、長時間に渡って執拗《しつよう》に繰り返すのだ。

巨体を持つ、さすがのマッコウクジラからも徐々に体力が失われていく。

弱ってきたマッコウクジラは、それでも海面に出て必死で息継ぎをしようとするが、そうはさせじと、体当たりをして体に圧《の》しかかるオスの執拗《しつよう》な反復攻撃がつづく。

この反復攻撃で息継ぎを阻《はば》み、マッコウクジラを溺れ死にさせる、というのが周到に練られた、このシャチの群れの攻撃計画。

体長七メートル、体重六トン余りの四頭のオスが、一糸乱れぬチームワークで繰り返し同じ攻撃を繰り返す。

マッコウクジラもこれではまずいと思い、再び潜水して体勢を立て直そうとするが、体内の酸素残存量は切れかかっているのだ。もう深くは潜れない。

しかもこの激しい闘いで、体内の酸素の残存量は急激に低下している。

その様子を母親のリーダーは冷静に見ている。

そしてキャシーを自分の手元に置き、この狩りの様子を観察させている。まだ遠い先のことだが、次のリーダーをキャシーに、と考えているからだ。

群れのメンバーは、最後の力を振り絞り、息継ぎのために勢いよく海面に出ようとするマッコウクジラに対して、再び体当りして攻撃の手を緩めることは決してしない。

それでもなおも、マッコウクジラが海面に噴気孔を上げようとすると、また別のシャチが強引《ごういん》に圧《の》しかかっていく。

獲物の体長がもう少し小さい場合、高い知能を持つシャチは海中で獲物のクジラをひっくり返すことさえある。噴気孔が下にあれば浮き上がっても呼吸できないからだ。

だが、このマッコウクジラの場合は大きすぎた。

この連続攻撃の間に、さらに弱らせるために他の二頭のメスのシャチが鋭利な歯でマッコウクジラの体に噛みつく。出血する、それがさらなる体力の消耗《しょうもう》へとつながる。

この攻防が一時間余りつづくと、さすがのマッコウクジラからも抵抗する力が失われる。そして息継ぎができずに、シャチに圧《の》しかかられた体は沈んで溺《おぼ》れ死ぬ。

群れの連携のとれた、効率的な動きのために、ケガをするメンバーはいない。だからこの狩りの方法がクジラを仕留めるもっとも賢い、安全な仕留め方として、このシャチの群れに長い間伝承されてきた。

だが、もし他のクジラたちがこのシャチの攻撃を目撃したとすれば、別の種類のクジラであっても、この危機に陥《おちい》ったマッコウクジラを助けにくることがある。

ここが陸上の野生動物たちとはまったく異《こと》なる。

陸上の野生動物であれば、例えば、大型の水牛がライオンに攻撃されていてもほとんどの場合、その群れの水牛が助けにくることはない。

それどころか、その犠牲になった水牛のおかげで、アフリカの草原には、束《つか》の間の平和な時間が訪れることになる。それが通常の野生の姿。

この助けにくるという行為には、クジラ類の知能（考える能力）という表現よりも、一歩進んだ知性（考えて判断する能力）というものの高さが深く関係しているのだろう。

シャチに襲われていた他の種類のクジラやアザラシ、マンボウなどをザトウクジラが助けたとの観察例も複数記録されている。

人間に観察されただけでも複数例あるのだ。人間の目に触れない自然の世界では、もっと多くのこのような光景が展開されているのだろう。

クリス自身も、シャチに襲われていた母子のクジラを、ザトウクジラの群れが助けにきた、という光景を自らの目で見ている。

このことはクジラ類が、知性を持つ生き物である、ということを証明しているのかもしれない。

もっと踏み込んだ表現をすれば、「利他の心」、という人だけが持つと思われている優しさを、クジラも持っている、との思いにもつながってくる。

このリーダーの頭の中には、クジラ類のそういう習性も入っている。

だから自分は狩りには加勢せず、周りの状況に目を配っていた。家族が生き残るためには、相手が何物であろうと狩りに失敗するわけにはいかない。

まだこのリーダーが若い時、群れと一緒にイルカを狩ろうとしていた時に、ヒレナガゴンドウに集団で追い回されたことがあった。

その時は結局、命からがら、という状況で、狩りの海域からも追い出されてしまった。

そういう苦境《くきょう》を作り出さないことも重要なリーダーの仕事。今では経験豊富なリーダーに成長したキャシーの母親は、若い時の様々な貴重な経験を糧《かて》にしている。

クジラは獲物であると同時に、油断のできない自分たち以上に賢い敵でもあった。それを知ることなしに、クジラの狩りはできない。

狩りを終えて獲物を腹の中に入れて満足した群れは、いつもの海域へとゆっくりとした泳ぎ方で向かった。

因《ちな》みにこの時の泳ぐ速度は、ママチャリと同程度の時速十三キロ以下ほどになる。

出産してからのキャシーには、自分一人の時間がなかった。この機会にと思い、一人の時間を楽しみながら寄り道をして帰ろうと、キャシーは群れと別れた。

彼女は独りで泳ぎながら考えている、遠出をした時など、最近身の回りに不思議に思えるようなことが急に増えてきている…　…、と。

いつもは簡単に取れていた魚が急に姿を消したり、この辺りでは見ない魚を、よく見かけたりする。また冷たい海にいるはずの自分が、突然暖かい海に遭遇《そうぐう》したこともある。
色々な魚の餌になる豊富なプランクトンは、冷たい海域にいる。こういう状況が落ち着いてしまえば死活問題にな
る……、と思ったが、幸いなことにまた冷たい海にもどれた。何故こうなるのか、キャシーには見当もつかない。
先日、久しぶりに南の海に行ってきた。色鮮やかな小魚が舞い泳ぐサンゴ礁にも行ってみた。場所を間違えた…
…、と思うほどに周囲の景色が激変していた。
小魚は消えていた。消えていたのは小魚だけじゃなかった。生き物の姿が見えなくなっていた。サンゴは白くなり、
辺り一面に死の世界が広がっていた。
こういう異常な状況が、世界中の海で頻繁《ひんぱん》に生じ始めている。
キャシーは偶然にも、人間によって引き起こされた気候変動による海流の蛇行《だこう》と、サンゴの白化現象（サンゴの死）
に遭遇《そうぐう》していた。
サンゴ礁の海は海洋の僅か０・２％。だがこの海に生息する生き物の約四分の一（四千種程）にも及ぶ多くの魚類
が、サンゴ礁に依存している。
現在六割近いサンゴ礁が、主に海水温の上昇のために絶滅の危機に瀕《ひん》し、今世紀中には絶滅すると予測されている。
海洋の異常は驚くべき速さで各所に浸透《しんとう》している。
この問題は海洋の食物連鎖に深刻な損傷を与え、ひいては人間の生存に確実に、大きな悪影響を及ぼしてくる。人
間の目には見えない場所で、状況は日増しに悪化している。
そういう諸々《もろもろ》の変化がキャシーに理解できるはずもなかった。彼女にできること、それは与えられた環境でひたす
ら一生懸命に生きることだけ。
気ままに泳いでいるキャシーに、その時突然浮かび上がってきた思い、それは、この際だ、久しぶりにあの緑色の

船に会いに行こう、という心が浮き立つような感覚だった。

体に絡まった漁網を切り離してくれたあの日のことは忘れられない。

漁網が流れてきたので、しばらくは遊んでいたが、そのうちに体に絡まって離れなくなった。悪いことに漁網がヒレに食い込んで自力では外《はず》せなくなった。

食い込んできたヒレの根元の痛みがひどくなってきた。外してくれるとは思わなかったが、あの白い髪の男のことを思い出したので行ってみた。

海に飛び込んで助けにきてくれた。一緒に泳ぎ、時間をかけて漁網をすべて切り離してくれた。命を救われた…

…、という思いがした。

そのことを思い出すと、あの寂しげに船縁《ふなべり》に立って、いつも夜の海を見ている白い髪の男に、キャシーは無性に会いたくなってきた。

群れの住む海域へ戻る前に、あの男をまた一目見てこよう…　…、その思いでキャシーは行く先を緑色の船の方へと変更した。


夜明け前の緑色の船の上では、三人の男がウィンチの不具合を調べていた。ウィンチが突然動かなくなった。ウィンチが動かないことには漁ができない。

部品の交換等に時間がかかっている。三人はもう一時間余りも、色々と対応を協議しながら、作業を進めている。

バリーは船室で、窓越しに夜の海を見ながら物思いにふけっていた。考えることは、いつものように、子供たちの未来をどう守るべきか…　…、ということ。

最近は、なにかひどく気がかりなものが、頭の中に引っ掛かっているような気はしてきた。が、その気がかりの正体が中々見えてこない。

だからといってそれを見ようとして、集中して考えようとすると、そこまできているその姿が、プイと見えなくなる。だからバリーはまたしばらく放っておく。

最近はその繰り返しに、多少疲れてきたようだ。

深く掘り下げて考えても、その正体にたどり着く「取っ掛かり」を得られない、少し苛《いら》つき気味《ぎみ》の日々の中にバリーはあった。

彼は今、ある科学雑誌を読んでいる。表紙には時計の絵が描かれている。

それは終末時計の絵だった。

先日このブリテッシュコロンビア州にある最大の都市、バンクーバーに足を延ばした時に、本屋で偶然見つけた本。

以前からバリーは、この「終末時計」という考えに興味を持っていた。正確に表現すれば、違和感から生じた興味という言葉がより近いかもしれない。

だから心落ち着かない日々の中で、興味あるこの本に手が伸びたのだろう。

「終末時計とは、核戦争などによる人類の絶滅（終末）を「午前0時」になぞらえて、その終末までの残り時間を象徴的に示す、米国の雑誌「原子力科学者会報」の表紙絵として使われている時計」

と、いうことらしい。

世の中のすべてに賛否両論がある。この終末時計に関しても例外ではなかった。

その否定論には、くだらない、意味がない、誰が0時を判定するのか……、などなどと、中々手厳《てきび》しい意見が述べられている。

バリーは否定はしていない。が、ざらつくような違和感は持っていた。彼の終末時計に対する違和感とはごく単純なもの。

この終末時計は、核の緊張が緩和《かんわ》される度《たび》に巻き戻される。

前にしか進まない時を計《はか》るものが時計。

時計と称されるものは、決して時間が巻き戻されることはない。終末時計では、度々《たびたび》時間が巻き戻される、彼はこのことに違和感を感じていた。

だが彼が気候変動の問題に悩みだしてから、終末時計に関する、彼の心の中に潜んでいた本当の違和感の正体に、バリーは気づかされることになった。

この度々《たびたび》巻き戻される終末時計は科学者のお遊び、なのだと。もしこの表現が適当でなければ、自己満足、という表現に言い換えてもいいのかもしれない。

終末時計は人間に対する安全な警告には使える、核は人間が管理できるものだから。

だから機会をとらえて、彼らは人類に対して警告のために針を時々進める。そこには真の切迫《せっぱく》感はない。核の脅威《きょうい》は早晩緩和《そうばんかんわ》されることを知っているからだ。

針を進めても頃合いを見計らって、後日、いつものように科学者が時計の針を巻き戻せばいいだけの話、とバリーは思っている。

だが核以外の分野で、彼らの予想していなかった事態が生じてきた。人間の管理できない真実の脅威《きょうい》が人間を襲ってきたのだ。

それが気候変動という名の、決して時を巻き戻すことのできない真の脅威《きょうい》。

このことに気づいてからバリーは思っている、この気候変動に襲われている今こそ、現状の深刻さに気づいていない普通の人々に知らせるために、この終末時計は必要、そして使われるべきなのだ……と。

気候変動にかかる終末時計ができれば、もう巻き戻されるような、道理に合わないことをすることは決して許されない。

「午前0時」の終末の時を打つまで、この針は進みつづける。

地球を冷やす極地の氷は、今この瞬間にも、ものすごい勢いで溶け出しているのだ。そして今この瞬間にも海面の上昇もつづいている。

時計の針は止まることはない。

極地の氷が人類が経験したことのない速さで溶けているということは、同時に温度も、人類が経験したことのない速さでこのまま上がりつづける、ということを意味している。

気候変動の終末時計の針は前に進むしかない。

「臭いものには蓋《ふた》をする」「見て見ないふりをする」などの、この表現にあるような行動を今まで人間はずっと取りつづけている、状況が悪化しているのを知りながら。

愚《おろ》かなことに、都合の悪い真実を見たくはない、その一心で目を背《そむ》けている。

その人間に果たして、気候変動にかかる「終末時計」を作る勇気が、そして使う勇気があるのだろうか……？

この時計の「午前0時」は絶望の瞬間。そしてその針は、誰が何をしようと、もう決して巻き戻されることはない。

昨年の夏（二千二十三年夏）は世界中で記録的な熱波に襲われ、多くの人々が命を落としている。

地球を冷やす極地の氷が溶け出した結果、カナダのリットンで二千二十一年六月に、カナダ史上最高温度四十九・六度を記録した。

入浴する場合でも、四十二度以上は熱中症及び低温火傷《やけど》などの危険を伴う温度。その温度を七度以上も上回っているのだ。熱湯と同じ状態。

また北極圏の町シベリア、ベルホヤンスクでは二千二十年六月、北極圏史上最高温度となる、三十八度を記録している。

北国と北極圏が海面上昇を引き起こす、地球の高温化を証明している。

状況は一進一退か、または二進一退で悪化するのだろう。果たして二千二十四年の夏は、どれほど多くの人々が亡くなるのだろうか……？

気候変動の終末時計は前にしか進まない。

二千二十三年夏、異常高温に襲われている最中、一時的な暑さしのぎのために機器を売り出して、大儲《おおもう》けをした……！、と喜んでいる多くの人々がいる。

夏場の氷の融けた北極海を利用して、コストが大幅に削減できた……！、と喜んでいる北極海を航行する船会社の多くの人々がいる。

そういう輩《やから》にこそ、この終末時計は必要になる。

大きな利益の代償に、終末時計の針が大きく絶望へと進むのだ。それでも、来年も暑くなればいい、と願っていられるのか？

(最も大事なことは、大人たち全員がスクラムを組み、子供たちの未来のために、この針が前に進むことを阻止することじゃないのか……？)

こういう声を大にして叫んでも、悲しいことに拝金主義に凝《こ》り固《かた》まり、壊れてしまった大人たちの耳には届かない。

バリーは読んでいた本を閉じた。

その瞬間バリーの脳裏を、ちくっ、と針に刺されたような刺激が走った。

それは、

（もし気候変動にかかる終末時計を人間が使うことができれば、それに向かい合う勇気を、少しだけでも大人が持てれば、子供たちの未来に希望が生まれるかもしれない……）

という淡い期待。

だがその刺激から生まれた淡い期待は、悲しいことに一瞬のうちに掻き消えた。それは、虹色のシャボン玉のように儚《はかな》いバリーの願望に過ぎなかった。

本をテーブルの上に置くと、夜の星を見るために船室から出た。夜空を見上げ、船縁《ふなべり》に手をかけると、バリーは大きく深呼吸をした。

ジニーはクリスの作った特別仕様のベッドで、天使のような顔をしてよく寝ている。

月のない星空だった。無数のきらめきが、まるでプラネタリウムのように全天に張り付いている。何度見ても飽《あ》きない、言葉に尽くせないほどの自然からの贈りもの。人間の小ささを、これでもか……、と思い知らされるような、圧倒的な星々の輝きがきらめいている。

バリーはふっ、と闇が動くような感じがして海面に目をやった。

よく見ると巨大な黒いものが船と並行して泳いでいた。今ではバリーにも識別できる、それはキャシーの姿だった。

バリーは船縁《ふなべり》を叩いて挨拶した。バリーはその時、キャシーから一瞬見つめられたような気がした。

今までそんな風に感じたことはなかった。バリーにはそのことが無性《むしょう》に嬉しく思えた。

キャシーのお気に入りはクリスだ。バリーは急いでクリスを呼びに行った。そして二人が、船縁にもどってきた時、もうキャシーの姿は消えていた。

ロッド・スタイナーは息子のジェラルドと、ひざを突き合わせるようにして、もう一時間近く話をしていた。

ジェラルドは今日三十三歳の誕生日を迎えていた。妻のアシュリーは四つ違いの二十九歳。彼女は台所で夕食の後片付けをしている。

ロッドは息子夫婦に、自分の生きざまに付き合うことはない……、と常々言い聞かせている。息子は郊外の自動車工場でこの三年間ほどを工員として働いている。

ロッドは、人に対する社会のきびしい目は、三十三歳頃から向けられると考えている。大企業でも、課長になるのは三十代の中盤から後半だ。

課長補佐になるための講習は、三十を少し越えた頃から始まる。このくらいの歳までは、多少の甘さがあってもまだ許される。

ロッドは企業社会の内情については熟知している。だから息子が三十三歳になった今日、ジェラルドと、今からの人生について、遠い将来を見据《みす》えた話をしていた。

自動車工場で働く前は、ジェラルドもクリスが働いていた大手の投資銀行で働いていた。ロッドの目から見ると、息子のジェラルドは、クリスやバリーに比べても遜色《そんしょく》のない能力を有している。

彼らの能力に及ばなかった自分から見ると、それが良く分かる。ジェラルドの能力は、ロッドのそれよりもはるかに高かった。

投資銀行とは米国で生まれた形態で、通常の銀行とは異なり、預金は一切扱わない証券業の一種。日本の証券会社と同様な存在。

ジェラルドは投資銀行の仕事には、失望しか感じることができなかった。

大きな仕事を取るためには、そして業界で大きく動くには、人の持つ良心は邪魔なだけ。

人の役に立つモノを作って売る商売ではない。金融という目に見えない商品で商いをする世界だ。口先だけでどうにでもなる。

まずい状況に陥《おちい》った時に嘘をつく輩はそこら中にいる。目に見える商品がない、だから嘘がばれないうちになんとかできるケースも多々出てくるからだ。

いわゆる商道徳を守らない悪徳社員と呼ばれる輩も、ジェラルドには他の業界よりも多いように思えた。

悪徳社員の手口は簡単。顧客の無知を利用して、次から次へと新しい金融商品を紹介しては、無理やり乗り換えさせる。断りを入れずに商品を売却し事後報告をする。半分ぼけた老人を相手にする……、などなど、挙《あ》げればきりがない。

こうなると法律に抵触《ていしょく》する恐れが出てくる。だから金融取引商品法が、常に頭から離れない。こういう輩は、法律スレスレの所で仕事をしている。

その時のために、大手の投資銀行はすべて会社の中に顧問弁護士を抱えている。

第三十五代アメリカ合衆国大統領ジョン・エフ・ケネディの父親である、ジョゼフ・ケネディは、投資銀行が蝟集《いしゅう》するウォール街で巨万の富を築きあげた。

そしてこの巨万の富が彼の息子を、米国の第三十五代目の大統領へと押し上げた。このジョゼフ・ケネディが、

「どのようにして、巨額の富を築くことができたのでしょうか?」

と、記者に問われた時に、次のように言い放っている、

「金持ちになるのは簡単なこと。法律で禁止されそうなことを、禁止される前にやればいい……」

ロッド・スタイナーは「清貧《せいひん》」という言葉を、自分の人生で実践《じっせん》している。その血を色濃く受け継いでいるジェラルドが、この世界から離れたのも自然の成り行きだった。

金融業界にいた時、ジェラルドの感じたことは、

（自分のやりたかったことは、こんなことじゃない……！）

という強い思い。

大きな所得を得る代わりに、何物にも代えがたい自分の限りある時間を売る、という人生に、どうにも彼は我慢できなかった。

「三年座《すわ》れば石も温《あたた》まる……」、そういう思いから三年だけ、低所得と思われている工員の世界へと身を投じた。

金融業界に失望したジェラルドは自分の知らない、真逆の世界を見たかったからだ。

投資銀行で知り合った妻のアシュリーは、何も言わずに付いてきてくれた。こんな酔狂《すいきょう》な生き方をしている自分に付いてきてくれるのだ、妻には感謝の言葉もなかった。

ジェラルドが物心付いた時には、父親はすでに貧乏画家だった。母親は産後の肥立ちが悪く、ジェラルドの誕生後間もなく亡くなった。

父親と二人だけの生活だった。日常の生活は貧しかった。が、不思議と空腹の思い出はまったくない。

こんな状況で大学に行けるのか……、と思っていたが、必要な資金は何処からか、まるで魔法のように父親が持ってきた。

そんな父親は、息子のジェラルドから見ても掴《つか》みどころのない人。でもいつも笑みを浮かべ、やさしく見守ってくれていた。

その父親が、一度だけ激怒したことがある。十歳の時だった。小学校の餓鬼大将《がきだいしょう》に強要されて、文房具屋で鉛筆一本を万引きをしたことが父親の耳に入った。

それを知った父親は、烈火の如く怒り、ジェラルドのシャツを引きちぎり、家の至る所に投げ飛ばした。

「痛いか？　もっと痛いのはパパの方なんだ。今日は鉛筆一本の万引きかもしれないが、十年後には、それが一人の命に変わるんだ……！」

と言われながら、何度も、何度も投げ飛ばされていたことを、ジェラルドは、まだ昨日のことのようにはっきりと覚えている。

でも投げ飛ばされた先は、ソファーとかベッドの上だけだった。激しく折檻《せっかん》されたが、幼心《おさなごころ》にも父親の、その思いやりには頭が下がった。

怒られたのは、その時の一度だけ。

その後一度として、父親を怒らせるような、人に後ろ指を指されることをジェラルドがしたことはない。父親の愛に二度と背《そむ》きたくはなかったからだ。

投資銀行を辞めた遠因には、この父親の教えもあったのかもしれない。

そのジェラルドが心の底から驚いたことがある。

自分が金融業界にいた時は雲の上の存在だった、バリー・ウェストンが突然、この家にやってきたのだ。

父親に低頭しているバリー・ウェストンを見ていると、ジェラルドには口にする言葉がなかった。若い時の写真を通して、父親がウォール街で働いていたということは知ってはいた。が、まさかあのバリー・ウェストンと知己《ちき》だったとは思いもしなかった。

この父親の姿を通してジェラルドに見えてきたものがあった、それはこの生き方は、父親が心から望んで得た生活だったということ。

父親はいつもと変わらぬ笑みでバリー・ウェストンに接していた。

ジェラルドはまた、バリーの高潔《こうけつ》な人格にも触れていた。その後、バリーは時折この家に姿を見せるようになった、父親が夕食に招待したからだ。

娘二人も、

「おじさん……、おじさん……」

と言って懐《なつ》いている。

年齢的には祖父のロッド・スタイナーと同じなのだが、金融界で精力的に生きてきたバリーには、その壮年の若さがまだ残されていた。

娘二人の呼びかけに答えるバリーの顔は、慈《いつく》しみに満ちていた。その顔は、ジェラルドが知っていたウォール街で権勢を誇っていた男とは別人の顔。

父親から漏れ聞いた話では、バリーは今、子供たちを待ち受けている未来の環境について、深刻に悩んでいるらしい。

ジェラルドはバリーのような、引退した大金持ちの悩みは二つしかないと思っていた。

(巨額の資産をどうして増やそうか……?、また、その資産を使ってどうして残りの人生を楽しもうか……?)

の二つだ。

ジェラルドは目の前に、二人の正真正銘《しょうしんしょうめい》の「人格の巨人」の姿を見ていた。

一人は、一切《いっさい》の物欲《ぶつよく》とは無縁に、清貧《せいひん》の中で生《せい》をまっとうしようとして生きている姿。

一人は、有り余る資産にもかかわらず、子供たちの未来に頭を抱えながら深く悩む姿。

真の人の尊《とうと》さとは、結果ではなくその生き方にある。

一時間余りの息子の誕生日での話は、ジェラルドの話をロッドが聞くという雰囲気《ふんいき》の中で進められ、次のジェラルドの言葉で締められた。

「バリーさんには、将来僕の協力が必要になるかもしれない。その見きわめが付くまで、もう少しこの状態をつづけたいと思っています……」

バリーの歩く道は長丁場《ながちょうば》になる。

子供たちの未来を考えるのなら、どういう道を選択しようと、バリーの資産を増やす人間は必要不可欠。ジェラルドはその道の専門家だ。

生き馬の目を抜く、というようなきびしい世界で約十年間を過ごしてきたジェラルドの目は、未《いま》だに鋭く確かだった。朧気《おぼろげ》ではあるが、バリーの歩く今からの道を見通している。

子供たちの未来を守るために歩く道、それこそがまた自分も歩くべき道、そして二人の娘の未来を守る道。

ジェラルドはこの気持ちに、微塵《みじん》の揺るぎもない自分を感じている。

ロッド・スタイナーはこの息子の言葉に、

「分かった……」

と、一言小さくつぶやいただけだった。


暗い海を船と並走して泳ぐキャシーの姿を、バリーが見たあの夜から、一月近くが経っていた。夜明けにはまだ少し間がある頃合いだった。

クリスとバリーはいつものように、夜の海を見ながら語り合っている。今夜は満月に近い月が出ている。比較的遠くまで海を見通せる明るさに恵まれていた。

「人間が長い時間をかけて、それも寄ってたかって環境をここまで壊してしまったんだ。お前さん一人でジタバタ騒いでも、仕方のないことだよ……」

「じゃぁ、何もせずに指をくわえて見てろ、とでもいうのかな……？」

そのバリーの言葉に、

「そうじゃない、お前さん一人で背負《しょい》いこんで、気張って頑張っても、もうどうにもならないってことさ……、悲しいことだが……」

とクリスは、バリーの目を見て答えた。

二人の関係は、今ではこんな話をするまでに打ち解けている。

その時だった、クリスが突然海上を指さした。その方向を見ると、五十メートルほど向こうに、月明かりに浮かんだシャチの母子の姿があった。

クリスの顔に笑みが浮かんだ。バリーも久しぶりのキャシー母子との対面だ。浮き立つような喜びがあった。

思わずバリーはクリスに言った、

「ジニーを起こしてくる……」

と。ジニーもしばらく会えていないキャシーのことを、ずっと気にしていたからだ。

次の瞬間、船室に入ろうとするバリーの肩を、クリスの骨太い右手が、がっちりと押さえた。

「違う、あれは違う。キャシーは会いにきたんじゃない……」

そのクリスの言葉に、バリーが目を凝《こ》らしてみると、しばらく浮いていた子供が沈んでいく。その沈む子供を、キャシーがまた潜って浮かび上がらせている。

「あれと同じ光景を昔見たことがある。あの子供はもう死んでいるんだ……」

その浮き沈みを何度もくり返すキャシーの姿を通して、バリーにもクリスの言葉を理解することができた。

しばらくすると、バリーは思いがけないことに気づいた。クリスの涙を月の光が浮かび上がらせている。悲しい母子の姿を見つめながらクリスは静かに涙を流していた。

バリーは足音を忍ばせて船室へと戻った。

バリーにも、それは言葉にならないほどの悲しい光景だった。キャシーがクリスを頼ってきたことは、今ではバリーにも理解できる。

クリスがキャシーの体から漁網を切り離して助けた光景は、バリーも近くで目にしている。キャシーは、あの時と同様にクリスに助けを求めにきたのかもしれない。

だが死んだ子を前にしては、クリスにできることは何もなかった。

バリーには、クリスの流している涙の理由は分かっている。クリスは亡くなった妻と娘の姿を、あのキャシーが子供を助けようとしている悲しい姿の中にみているのだ。

彼は妻と娘を苦しませ死に追いやった自分を、決して許してはいない。

先日、何気《なにげ》ない会話をしている時だった。突然クリスがこういう問いかけをバリーにしてきた、

「お前さんにとって、いやな奴ってのはどんな奴だい……？」

会話の内容とは無関係な、あまりにも唐突で、思いがけない問いだったので、すぐにはバリーも返答できなかった。

バリーはその時のクリスの様子に奇妙な印象を持った。何かしらその時の様子がいつものクリスらしくなかったからだろう。

顔はバリーに向けていたが、その目はバリーを見ていなかった。まるで過ぎ去った昔を見ているような、遠いものを見ているような目をして、その問いを投げかけてきた。

クリスは別にバリーの返事を待っている風でもなく、まるで自問自答するようにまた、その遠い目をしたまま口を開いた。

「俺にとって一番いやな奴ってのは、自分の娘を、まるで壊れたおもちゃを見るような目をして見る奴だ……」

その言葉を聞いた瞬間、バリーはすぐにロッド・スタイナーから聞いた、クリスの口から出たという、悲しい話にまつわる忘れられない言葉を思い出していた。

「壊れたおもちゃを見るような目」という特徴のある言葉。それがその時の言葉だった。その言葉には他にない、独特な強い響きの言い回しがある。

その表現をクリスはロッド・スタイナーに話した時に使ったそうだ。それがロッド・スタイナーの心に強く響いた。だから、ロッド・スタイナーがクリスの話を、バリーに聞かせた時に、クリスから聞いた、そのままの言葉をバリーに伝えた。

それがバリーの頭の中でも忘れられない言葉として、耳の奥に記憶されていたのだ。

そのクリスの言葉「壊れたおもちゃを見るような目」を通して、バリーが理解したクリスの姿、それは自分の妻、娘を苦しませ、死に追いやった自《みずか》らが為《な》した非道を、クリスは心の中で未《いま》だに深く後悔《こうかい》し、自分を詰《なじ》っている……、という悲しい姿だった。

他の人と話している時でも、クリスはこういう問いを、時折り投げかけているのかもしれない、自分が亡き妻と娘に苦痛を与え、死に追いやったという事実を忘れないようにするために。

あの時の自分の非情な行為を、クリスは決して許すつもりはないのだろう。

目の前のキャシーの悲しい光景を見ながら、クリスは亡き妻と娘をあのシャチの母子の姿に重ね合わせている、その後悔に改めて打ちのめされながら……。

悲しいシャチの母子の姿を見つめて、目の前で涙を流しているクリスからは、その姿しか見えてこない。

そんなクリスの姿を見ることは、優しさに満ちた今のクリスを知るバリーにとっては耐え難いこと。それがクリスを一人にして、船室へ戻った理由だった。

そのクリスの姿を通して、バリーは三十年以上も前から人知れず引きずっている、言葉に尽くしようもなく深く、そして重いクリスの悲しみと悔恨《かいこん》を感じとっていた。

しばらくバリーも、クリスのその姿に心が落ち着かず、心の揺れを収めることができなかった。が、時間の経過がそのバリーの動揺を徐々に収めていった。

やがて、その後にバリーに浮かび上がってきた思いは、

（それにしても、キャシーの子供はなぜ死んだのだろう……？）

という疑念だった。

シャチは捕食者として食物連鎖の頂点に立つ。シャチの子供を狙う天敵はいない。

バリーの頭の中には、また人間の姿が浮かび上がってきた。

プラスチックごみ、釣り針、荒波にもまれて切れ切れになった漁網などなど、今や海は、海の生き物たちにとっては、以前にはなかった危険に満ちている。

ウミガメが漁網に搦《から》めとられて、餌をとれずに死んでいる姿などは、時々テレビでも見られる光景
子供のシャチの死因は、今、大きな問題になっているプラスチックごみを、誤って飲み込んだせいなのかもしれない。

二千十九年三月にフィリピンに打ち上げられたアカボウクジラの胃の中には、大量のプラスチック袋や米袋十六枚など、計四十キロのプラスチックごみが入っていた。

このアカボウクジラだけが特別というわけではない。他の多くのクジラたちも、多少の違いはあっても同様に、このプラスチックごみを飲み込んでいるのだろう。

それを証明するかのように、死んで打ち上げられた多くのイルカたちの胃からも、多量のプラスチックごみが見つ

かっている。

また多くの魚や海鳥たちも、プラスチックごみの犠牲になっている姿は、テレビなどを通して、多くの人々が見ている通り。

彼らの死は、海をゴミ捨て場と考える人間の手による、間接的な殺戮《さつりく》に他《ほか》ならない。

因《ちな》みに言うと、このプラスチックごみは年間約八百万トンが海に流れ込み、二千五十年までには、魚よりもプラスチックごみの量の方が多くなるとも言われている。

海に流れ込んだプラスチックごみは、波や紫外線の影響で小さいマイクロプラスチック（五ミリ以下のサイズ）に姿を変え、貝や魚にも取り込まれ、食物連鎖によって人間の体内に蓄積されることになる。

まさに「因果応報」の言葉の通り、人間がやったことの報いを間もなく人間が受けることになる。

このことの本当の怖さは、プラスチックごみを大量投棄した人間は、後戻りのできない「分水嶺を越えてしまう」、という可能性ではなく、「すでに分水嶺を越えてしまった」、という冷徹な事実にある。

どれほど後悔しても、もう以前の状態に戻ることはできない。従ってこの報いは早晩《そうばん》、間違いなく人間の体に現れてくる。

二千二十四年四月十一日、ネットに次のような記事の見出しが掲載された、

「微小プラスチック、頸動脈の隆起に蓄積、脳卒中のリスク高まる」

記事の中身を抜粋《ばっすい》すると、次のような内容になる。

―人の頸動脈にできた隆起（コブ）を切除して調べたところ、六割弱に微小なプラスチックが含まれていた、とイタリヤの研究チームが発表した。切除後、患者を約三年追跡したところ、心筋梗塞や脳卒中、または他の病気などを発症し、死亡リスクが四・五倍になっていたという。微小プラスチックは体内で広範囲に分布し、心臓等に蓄積するこ

とが動物実験では示されている……。

この内容は、二千二十四年三月六日の米医学誌「ニューイングランド・ジャーナル・オブ・メディシン」で発表されている。

衝撃的な内容だが、この記事は人間の無責任な行為を通して、人間自身がマイクロプラスチックの深刻な実害をすでに受け、死亡リスクを自《みずか》ら高めていることを証明している。

人間が直面している問題はプラスチックに関わる問題だけではない。同様な問題を、今人間は数多く抱えている。不都合な真実に、もう目を背《そむ》けてはいられない。

問題の解決がされない限り、冷徹な現実は、マイクロプラスチックやプラスチックごみの問題と同様に、次から次へと人間に襲いかかってくるのだろう。今人間に襲いかかっている異常高温や熱波、そして世界中で多くの人々の命を奪っている、海面上昇を起因とする大洪水などはそれらの一部に過ぎない……。

そしてバリーはまた、

「言葉も通じない他の生き物たちが、自分たちの体を犠牲にして、人間に警告してくれている……」

と感じている。

魚や海鳥たち、そして多くの生き物たちの異常死は、だいぶ前から報告されていた。彼らは人間に対して不満を言うこともなく、人間のために犠牲になっている。

その事実を我々が黙殺した結果が、現状に至っている、そうバリーは強く思っている。

人間には考える高い「知能」はあるかもしれない。が、最も大事な、それを論理的に考え、正しく判断する「知性」には著しく欠けている、そしてそれが人間の最大の弱点なのかもしれない……。

人間は、今も天に向かって唾《つば》を吐きつづけている、いつかはその唾が自分の体に降りかかってくることを薄々《うすうす》感じながらも。

もし、「知性」を備えていれば、道理に反する「天に唾《つば》する行為」はしないはず。報いを受けることは容易に想像できるからだ。

この人間の最大の弱点は「欲」という言葉に置き換えることができるのかもしれない。

この「欲」が、気候変動の問題へと直接つながっている……、そうバリーには思えてならない。

この時バリーの脳裏を、すっと一つの影が過《よぎ》った。それはバリーが今までに経験したことのなかった感覚。だがバリーはその影の正体に瞬時に気づいていた。

このままでは人間の未来は危《あや》うい……、そう思ってバリーは生きてきた。が、同時に、自分の思いが間違いであって欲しい……、とも切実《せつじつ》に願って生きてきた。

だが頸動脈にできた隆起（コブ）は、そんなバリーの思いが、杞憂《きゆう》や想像ではなく、紛《まぎ》れもない現実であることを冷徹《れいてつ》に証明していた。

この事実を通してバリーに見えてきたもの、それは、

「人間が、自分たちのしてきたことの報いを受ける時代の幕が、否《いや》も応《おう》もなく開《あ》いてしまった……」

という世界。決して開《あ》けてはいけない幕、認めてはいけない現実、それが一瞬、バリーの脳裏を過《よぎ》った影の正体だった。

バリーは目の前の凍りつくような現実に、ただ言葉もなく立ちすくんでいる。が、やがて、

（まだ時間はある。今は一部の幕が開《あ》いただけ……。時間はまだ残されている……）

そう気を取り直すと、バリーは前を向いた。

だがその心には、筆舌《ひつぜつ》に尽くしがたい途轍《とてつ》もなく重いものが圧《の》しかかっていた。

クリスはそれから、三日の間出漁《しゅつりょう》することはなかった。

シャチの母親が三日三晩、死んだ子供のシャチを浮き上がらそうとしていた例を、船員仲間から以前聞いたことがあるからだ。

キャシーがそういう姿をまたクリスに見せに来たら、クリスは途方に暮れるしかない。死んだ子供を生き返らせることなんて、クリスにもできはしない。

だからクリスは冷たいようだが、三日の間漁を休んだ。あのキャシーの姿を再び見ることに、クリスは耐えられそうになかった。

四日目、漁に出たクリスは、もうキャシーの姿を見ることはなかった。そしてそれから半年にもなるが、キャシーがその姿をクリスの前に見せることも、もうなかった。

（自分は見限《みかぎ》られた……！）

クリスはキャシーの行動をそう判断していた。それも無理のないことだとクリスは思っている、キャシーが必要としている時に自分は背中を見せたのだから。

クリスには言葉に尽くしようもない寂しさだけが残された。それはまた船に乗っている全員に生じた感情でもあった。

キャシーの存在は、シャチはまったく異質な生き物ではなく、ある種の共生意識を持てる、言い換えれば互いに地球の子供、だという連帯感のようなもの。それを船に乗っているみんなに持たせてくれた。

キャシーには間違いなく意思があったからだ。

絶体絶命の危機の時、サメの攻撃から救ってくれたあの行為。漁網を切り離す作業中、それまでくねらせていた体の動きを止めると、キャシーは微動だにしなかった。子供を助けてくれと寄ってきたあの行動。

すべては偶然でなく、それらはキャシーの意思だった、とクリスは考えている。

そのキャシーを失った今、寂寥感《せきりょうかん》だけが、まるで北国の灰色の空のように、重く低く垂れこめてクリスを覆《おお》っていた。

第七章　死闘

潮風が心地《ここち》よくいたぶっていく。初めは刺すような痛みがあったが、慣れてしまえば、その痛みは心地よさに変わってくる。

壮年の若さを保っていたバリーの褐色の髪の色にも、いつしかまばらに銀髪の色が混じりあうようになっている。その髪の毛が吹きつけてくる潮風に波立っていた。

クリスの船に乗ってから、もう二年近くが経とうとしている。

ジニーも十二歳になった。ジニーはもともと利発な子供。その利発さが最近際立《きわだ》ってきたようだ。その成長には先生であるクリスも舌を巻いている。

クリスのジニーを見る目が、最近さらに細くなっている。クリスはジニーの中に亡くした娘、キャシーを見ているのかもしれない。

ロッド・スタイナーにクリスの話を聞いた後、バリーに湧き上がってきた一つの思いがあった。それは、自分を許せないクリスは、ずっと死に場所を求めて生きてきたんじゃないのか……、という感覚だった。

その感覚が最近急速に薄れだしてきている。懸命に頑張っているジニーの成長がクリスに生きる勇気を与えている
……、という感覚に変わってきたからだ。

ジニーを見るクリスの細められた目が、バリーのその思いを強くしていた。

三日前のこと。珍しく明け方の海は濃い霧に覆《おお》われていた。

こんな日はいつも以上に気を入れて事《こと》に当たることが肝要。

トーマスとマックは、いつもより時間をかけて漁の準備をしている。クリスもいつもとは違い、船の舵《かじ》を手放すことなく用心深く前方に目を凝《こ》らしている。

バリーはいつもの船縁《ふなべり》に立って、乳白色の霧がただよう海上を、視点の定まらない目で見ていた。

最近バリーの頭の中を占めているのは、見えそうで見えない気になる物の正体。

その先にやるべき物の姿が見えてくる。早くその正体を見たいもの……、バリーの中にはそういう焦りにも似た気分があった。

バリーはこの半年というもの、その正体を求めつづけている。

その時だった、濃霧を切り裂くように一条の黄金色《こがねいろ》の夜明けの光が差し込んできたのは。そして周囲の霧が黄金色《こがねいろ》に染まった。

その黄金色《こがねいろ》の霧の中から浮かんできたものがあった。それは思いもかけなかったニューヨークで失望させられた面々の顔たち。

が、次の瞬間、また霧の中から顔が湧いて出た。

それは、ジニーの顔、そしてロッド・スタイナーの孫娘たちの顔たち。

黄金色《こがねいろ》の霧の中に、様々な顔が浮かび上がっている。バリーの中では、その二種類の顔は「汚れた顔」と「汚れを知らぬ顔」だった。

何故、その二種類の顔が彼の前に唐突に浮かび上がってきたのか、バリーには見当もつかない。当然、それが何を指しているのかも、バリーに分かるはずもなかった。

そこから先が、どう首を捻《ひね》っても見えてこない。

苛立《いらだ》ちだけがバリーの焦燥《しょうそう》を深めている。だが、その事実は、

（この光景は、あの気がかかりな物の正体と密接に関わっている……）

との感触をバリーにもたらしていた。

バリーは、

（この機会を逃《のが》すまい……）

と思い、その日はそのままの姿勢で考えに沈み込んだ。

バリーは大金持ち。だが、気候変動を前にしたバリーの存在は、虫けら、にも及ばない。超大国の大統領であれば、気候変動の問題に即効性のある対応策は打ち出せるかもしれない。

だが、彼は引退した老実業家。途方もない資産を有しているとはいっても、たかだか三千億円余り。気候変動の前にはバリーの資産など、「焼け石に水」という言葉があるが、その水にさえもなりえない。

その中で、自分がどのようにこの問題に介入できるのか……、を考えつづけてきた。その「取っ掛かり」が、ようやく黄金色《こがねいろ》の霧の中から見えてきたような気がしたのだ。

彼はこの機会を逃《のが》したくはなかった。

彼の考えはその答えを求めて深く沈み込んでいった。この岸壁に立って、今日も考えつづけているのもそのためだった。

いつもであれば、この時間は図書館に行ったり、また北極海沿岸の町を訪《おとず》れたりしている。バリーはこの旅が間もなく終わることを、心の何処《どこ》かで感じている。

二年近くを、クリスやジニー、トーマスやマックと過ごした。そして様々な刺激を受け、またこの間に気候変動に関する研究を深めてきた。

この二年間で蓄えられた経験、学識を、今からは如何《いか》に昇華させていくか、にかかっているような気がする。

バリーに必要なもの、それは広大な海ではなく、また様々な文献を収蔵している図書館でもない。それはニューヨークの自宅にある書斎。

そこで頭の中にある、色々なものを引き出して、自分が気候変動の問題に介入できる手段を見つける、そしてそれを実行可能な形に作り上げていく……、という頭の中の作業が、今からは必要になってくる。

バリーはこのことを何度も頭の中で咀嚼《そしゃく》した。そしてその結論は、来週クリスに船を降りる旨《むね》を伝える、ということに落ち着いた。

その結論に、彼らと別れる一抹《いちまつ》の寂しさはあった。でも子供たちの未来を考えれば、こんなところで感傷になど、浸《ひた》ってはいられない……、そう思い直した。

(それにしても、何故この海はいつもこうなんだ……)

そう心中でつぶやきながら、バリーは、鉛色の雲の下に広がる鈍色《にびいろ》の海を背景に、高く、低く響き渡る潮騒《しおさい》の音を暗くなるまで聞いていた。

夕陽の沈む海も、たまには見たいと思うバリーだったが、泡立つ心を不思議と落ち着かせてくれる、この墨絵色《すみえいろ》に煙《けむ》る海の風情《ふぜい》にも、バリーは捨てがたい愛着を持っていた。

バリーにとっては、最後の漁の日が始まった。

とはいっても、船を降りることはまだ誰にも話していない。だから、バリー以外の乗組員には、いつもの日々と変わらない一日が始まった、ということになる。

今日は少し風が強いようだ。沖に出れば、かなり荒れるかもしれない。

ジニーを含めてクリスたち乗組員にとっては、こんな荒れ模様は日常茶飯《にちじょうさはん》のこと。誰も気になどしていない。

だが沖の方の様相は少し異なっていた。

低く垂れこめた濃い鉛色の空からは、かなりの雨が落ちてきた。風雨が強まり、揺れが激しさを増してきている。それでもバリー以外には荒れた天気を心配する者は誰もいない。

海千山千《うみせんやません》の経験を持つクリスだ。こんな荒天など歯牙《しが》にもかけてはいない。

だが、この雨模様は、何だか気に入らないものをクリスに運んできている。

風雨は大したこともないもので、放っておいても問題はなかった。が、だからといって、クリスの気に入らない思いが消えることはなかった。

それはクリスの長い経験のみが嗅《か》げる危険な臭いだったのかもしれない。

実を言うと、誰にも言うことはなかったが、この気に入らない感じは昨日からしている。背筋を悪寒《おかん》が走るような、何とも嫌な気分は昨日からのものだ。

昨夜考えた、何故こんな嫌な気分に襲われるのか、と。皆目《かいもく》見当がつかなかった。昨日一日、嫌な気分で過ごしはしたが、結局は異常もなくいつも通りに漁を終えた。

であれば、気のせいということになる。気のせいにしては、この嫌な気分はしつこ過ぎた。が、船長がこういう気分でいれば、その内、乗組員に伝わり不安を抱《いだ》かせる。船乗りは一般的に迷信深いと言われているだけに。

すべてを合理的に考えるクリスは、迷信とは無縁の男。根拠のないことに怯《おび》えていては、船長としての資質を問われる。

この嫌な気分を早く忘れようと気を取り直したクリスが、トーマスとマックの漁の準備状況を確認に行こうとした時だ、

「キャプテン、こっちへ来てくれ……　……！」

と大声で叫ぶトーマスの声が、降りつづく雨を通して彼の耳に届いた。

いつにない緊張を含んだトーマスの鋭い声だった。クリスは急いで駆けつけた。

トーマスは双眼鏡を使って、海面のある一点を見つめている。クリスも渡された双眼鏡で、トーマスが見ていたものを確認した。

海上に浮かんでいるのは、黒々とした、不気味《ぶきみ》に見える姿だった。船とは二百メートルほどの距離がある。

それは双眼鏡を通しても分かるほどの巨大なクジラだった。十六メートルほどはある大型のクジラ、それも巨大な頭部を持つマッコウクジラ。

昨日からの嫌な気分にようやく合点《がてん》がいった。

このマッコウクジラの気配を、長い経験を通して培《つちか》われたクリスの感覚が無意識のうちにとらえていたのだ。だが二百メートルほども離れていれば、巨大なマッコウクジラであっても、クジラは穏健《おんけん》な生き物だ。どうということはない。

双眼鏡についた雨粒を拭きながら、クリスはなおも観察をつづけている。大粒の雨が徐々に小雨に変わったかと思うと、その雨が突然やんだ。

上空に流れる強風が厚い雨雲を吹き流したのだろう。

夜明け時になっている。周囲が明るみ始めた。目標のマッコウクジラをやっと正確にとらえることができていた。

注意深く観察をつづけるクリスの目が、やがてマッコウクジラの背中と頭部に撃ち込まれた二本の銛《もり》をとらえた。

その瞬間、昨日の悪寒が再び彼の背筋を奔《はし》りぬけていった、

(これだったんだ、昨日からの嫌な予感の正体は……！)

昨日からの嫌な予感の正体を、ようやくクリスはとらえることができた。が、同時に彼の鋭い神経は、今までに経

験したことのない、途轍《とてつ》もない危機を感覚でとらえていた。

クリスの頭には、このクジラの様々な情報が記憶されている。

マッコウクジラは歯のある生き物としては地上最大。しかもクジラ類の中では最も気性が荒い。自分の縄張りに入ってきた船舶を襲うことは昔から知られている。

その結果、体当たりをされて沈没した漁船は何隻もある。

そのマッコウクジラの体に、銛《もり》が二本も撃ち込まれているのだ。手負いのマッコウクジラを前にしては、もう漁どころの話ではなかった。

クリスは極《きわ》めて有能な船長だ。

自分の脳裏に記憶されている情報で、瞬時にこの船が置かれたまずい状況を正確に把握している。その結果、如何《いか》に無事に帰港できるか、それのみに思考を集中させていた。

それだけ手負いのマッコウクジラは危険極《きわ》まりのない存在。クリスの頭の中の警告灯は、赤色の灯りを激しく点滅させている。

そのためには、このマッコウクジラをできるだけ刺激しないこと。

このマッコウクジラの体の状態にも、ある程度の推測はつく。

二本の銛《もり》の先には火薬が仕込まれている。

銛《もり》の先がクジラに命中し、体内に入った時に、同時に火薬の小爆発で銛の先を開かせるためだ。銛《もり》の先がクジラの体内で開けば、それが「返し」になってクジラから銛が抜けることはない。

だが、銛を何本も撃ち込めば、体内の小爆発で利用できるクジラの部分がそれだけ少なくなる。だから最初の一発で仕留められるように、熟練した捕鯨砲の砲手は、全身全霊で最初の銛に集中し急所に向けて発射する。

不運なことにこのクジラは、未熟な砲手に出会ったのだろう。銛が二本も突き刺さって、まだ生きている。激痛に苛《さいな》まれていることは容易に想像できるし、銛を二本も撃ち込まれては、命も長くはもたない。もうこのクジラからは正常に判断する能力は失われている。

クリスの長い海の経験の中でも、

（マッコウクジラには気を付けろ……！）

という警告は深く刻み込まれている。

知能が高い生き物だけに、予測のつかない動きをするし、その巨体から繰り出される攻撃力は、尋常《じんじょう》なものではないからだ。

何隻もの漁船が、マッコウクジラの体当たりによって沈没させられている。それだけの破壊力があの巨大な体には秘められている。

そのマッコウクジラが手負いになっている。クリスが最悪の状況を想定したのも当然のこと。船長は乗組員の命には責任を持つ。ましてやこの船には、ジニーも乗っているのだ。クリスのすべてをかけてこの船を守る必要があった。

だが……、とクリスは考えた。彼にはどうしても解《げ》せない、なぜマッコウクジラに二本もの銛が撃ち込まれているのか……、という理由が。

捕鯨は今、全世界で禁止の方向に向かっている。大型のクジラ類はすでに捕鯨禁止の対象になっているはずだ。

（たしか、捕鯨対象のクジラは、小型のミンククジラを含めて三種類ほど……）

という記憶がクリスの脳裏に、かすかによみがえってくる。

捕鯨をしている国は十指にも満たない。その中でも突出《とっしゅつ》しているのがノルウェーと日本。日本のクジラの漁場は南氷洋だ。

と、すればこのマッコウクジラは、北の海を漁場とするノルウェーの捕鯨船が仕留めそこなったもの、ということになる。

なぜ捕鯨船が捕鯨禁止のマッコウクジラを狙ったのか、クリスには見当もつかない。が、一つの疑念は湧き上がってきた、

（捕鯨対象のクジラが獲《と》れなかったので、この大型のマッコウクジラで一発逆転を狙ったのか知れない……）

という。協定を破る輩《やから》は、どの業界にもいるし、世界の何処《どこ》にでもいる。

船長にしても、クリスのような筋の通った正直な船長だけではない。ましてや広大な海洋での掟破りであれば、マッコウクジラを一頭捕獲したところで証拠は何も残らない。

この疑念の可能性は高い、とクリスは思っている。

またそうであれば、銛を二本撃ち込まれても、その捕鯨船からマッコウクジラが逃げ切れた理由も分かるような気がする。

ミンククジラの体長は約七メートル、体重は約七トン。マッコウクジラはその二倍以上の体長を持ち、重量はその六倍近くもある。

ミンククジラとマッコウクジラの体力差には歴然とした違いがある。

だからミンククジラなどをとらえるために、銛に付けたロープが圧倒的な体力を持つマッコウクジラの抵抗に耐え切れずに切られたとしても不思議じゃない。

その推測が正しいかどうかは分からない。が、二本の銛を撃ち込まれたにも関わらず、まだマッコウクジラが自由に泳いでいる理由もそれで説明がつく。

大型のマッコウクジラには、ミンククジラに使う火薬量では足りなかったのだろう。火薬には銛の先端を開かせる

ためだけではなく、致命傷を与えるという役割もある。

だが遅かれ早かれ、このマッコウクジラが二本の銛のために、命を失うという運命のシナリオが書き換えられることはない。

即死という致命傷は与えられなくても、火薬によって与えられた損傷は、時をかけて体内で深刻化し、やがては命を奪うという結果へと行きつく。

クリスの頭脳は瞬時に、蓄《たくわ》えられていた過去の経験、知識を彼の記憶から引き出し、その情報を基にして、このマッコウクジラの置かれた状況を整理し対応策を練っていた。

クリスにこの傷ついたマッコウクジラと闘う気はない。闘っても、この船では勝ち目がないことをクリスは理解している。

船の長さは二十五メートル余り。重さは燃料コストを考慮してどの船も、極限までの軽量化がはかられ、この船も約八トンとマッコウクジラに比べたら、五分の一程度の重量しかない。

この船が体長十六メートル以上、重量四十トン余りのマッコウクジラの、直撃の体当たりを食らえば、船体などはバラバラにされるだろう。

その衝撃は、以前捕鯨船に乗っていた船員に聞いた話によれば、約四十トンの戦車が時速二十五キロで突っ込んでくるのと同じほどの破壊力、だということだ。

マッコウクジラの荒い気性、他を圧倒するような体力を考えれば、それは決して与太話《よたはなし》なんかじゃない。

何としてでも、この闘いは避けるべき……、そうクリスは考え、策を練っている。

バリーが近づいてきて、心配そうな顔をしてクリスを見つめていた。

トーマスもマックも、またジニーでさえもが深刻そうに考えているクリスを、バリーと同じ目をして見つめている。

これほど深刻な様子のクリスを、誰もが一度も見たことがなかった。

クリスは彼らの目を見返すと、自分の考えたことを包み隠すことなく話した。

最悪の状況に追い込まれているのだ。彼らも知る必要があるし、また彼らの協力も必要になる。

クジラの聴力は鋭敏だ。互いが発するクリック音でコミュニケーションをとっている。だからクジラを刺激しないように、船内でも大声を出すことをクリスは禁じた。

そして船のエンジンも停止させ、しばらくの間、如何なる音もたてずに、マッコウクジラを刺激しないような完全無音の状態で様子を見ることにした。

同時に沿岸警備隊にも無線を入れて、

「銛を二本撃ち込まれた手負いのマッコウクジラが近くを泳いでいる。攻撃してくるかどうかは不明だが、悪い予感がする。警備艇を派遣してくれれば有難い……」

と状況説明をして警備艇派遣の要請はした。

手負いのクジラがすべて攻撃してくるとは限らない。この状況では救助の優先度は低い。それに加えて、この海域に来るまで沿岸警備隊の基地から四時間ほどはかかる。

その前にマッコウクジラの攻撃が始まれば、この救助依頼にも意味がなくなる。が、船を守るためには、やれることはすべてやっておく。それが船長の仕事。

今のクリスの頭には、ジニーを何とか守り抜き、この船を無事に帰港させる……、という思いしかない。

昨日から嫌な感じはしていた。であれば、昨日からこのマッコウクジラは、周辺にいたはずだ、が、昨日は姿を見せなかった。昨日までは、そこまでの敵意はなかったのかもしれない。

（大分弱ってきたのかもしれない……）

クリスはそう考えている。

元々クジラは穏健《おんけん》な生き物。荒い気性のマッコウクジラにしても、原因もなしに何かに体当たりを食らわすなど、そんな攻撃は決してしない生き物だ。

弱ってきたクジラは、最後の力を振り絞り仲間の待つ海域に帰るか、または最後の復讐《ふくしゅう》としての攻撃を近くの対象物に加えるか、の二者択一を迫られているのかもしれない。

マッコウクジラが正常な判断ができれば、自分を狙った捕鯨船に復讐するだろう。

その捕鯨船を見きわめる精度は、クジラの持つエコロケーション（反響定位）の能力にはある、とクリスは思っている。

が今は激痛に苦しみ、助からない命だと悟っているに違いない。その状況で正常な判断を下すのはもう無理。復讐《ふくしゅう》するとすれば近くの対象物になる。言うまでもなくこの船が復讐の対象……、それが、クリスが何度も考えて出した結論になっている。

果たして復讐してくるのか……？　そこを考えた時、クリスの脳裏によみがえってきたのは、新聞の記事を通してクリスが記憶している、数年前にシャチが人間に報復したとされる事件。

シャチが、アフリカとヨーロッパの境界であるジブラルタル海峡で、人間に報復したという最初の報告が二千二十年五月にされた。それ以降、驚くほど似通った事件が数十件報告されている、という新聞記事をクリスは読んでいた。

小型のヨットに近づき舵《かじ》を攻撃して泳ぎ去る……、というのが事件のあらましだった。

シャチの家族のメンバーが、不幸な偶然のためにヨットの舵《かじ》か、またはスクリューによって、傷つけられたことが、この事件の発端《ほったん》になったとみられている。

シャチの攻撃によって沈没したヨットもあるようだが、この時にも海に投げ出された人々を、シャチが襲ったという報告はされていない。

舵やスクリューを攻撃しても、シャチには人間に危害を加える気はなさそうだ。

同じクジラ類が襲われている時は、助けにくると言われているほどの感性を持ったクジラだ。シャチと同様な報復の感情は当然持っているものと考えられる。

このマッコウクジラの場合、人間からの一方的な攻撃によって、激痛を与えられ、さらに命をうばわれようとしているのだ。

その怒りは、知能が高いだけに、報復などという生《なま》やさしい感情ではないだろう。

復讐という苛烈《かれつ》な感情に姿を変え、凄まじい怒りと共に攻撃してくる。

もしそうなれば、ノルウェーの捕鯨船のしくじりのツケを、彼らとは無関係な、この船とジニーを含む乗員全員の命で支払うことになる。

クリスは仲間が待つ海域に、このマッコウクジラが帰っていくことを心底《しんそこ》願っていた。

完全無音の中で時が過ぎるのを待っている間、彼はさらに情報を分析し、それに基づく様々な状況を想定している。

だが残念ながら、強大なマッコウクジラを相手にしては多くの選択肢はない。

乗組員全員の命がこの両肩にかかっている。その対応策には、当然船長としての最悪の対処方法も含まれていた。

そういう思いは一切表情に出すことなく、船室で舵に手を置きながら、クリスは前方を目を細めて睨《にら》んでいる。

トーマスとマックは、左右の舷側《げんそく》に立ち、そしてバリーとジニーは船の後部で、クジラの動きを確認するために、海上に目を皿のようにして這《は》わせていた。

十分、二十分と時は過ぎていく。何も起こらない。マッコウクジラの潜水時間は平均すると約四十分ほど。

クリスは念を入れて一時間ほどは、マッコウクジラが何事もなく通り過ぎてくれることを願って、この完全無音の状態を保とうとしていた。

船のエンジンをかけて、その後をマッコウクジラが追ってくるようであれば、もう考える余地はない。マッコウクジラが攻撃を選択したということになる。

雨は完全に上がったようで見通しはいい。だが高い波頭《なみがしら》が立ち風は強いままだった。

どの方角からも、

「クジラ発見……」

の報告はなかった。

そして一時間が経った。

淡《あわ》い期待を込めてクリスは右手を静かに動かし、満を持して、船のエンジンを「微速前進」のギアに入れようとした。

その時だった、下から突き上げるような激烈な衝撃が船を襲ったのは。

クリスは危うく舌を噛みそうになった。ジニーは宙を飛び、慌ててバリーが浮き上がったジニーを抑え込んだ。マックは弾《はず》みで海中に投げ出された。

それに気づいたトーマスがロープにつながった浮き輪を、泳いでいるマックに投げ船側に梯子《はしご》をかけた。

この衝撃で、クリスはすべてを悟った。このマッコウクジラには、もう仲間のいる海域に帰る意思はない、そしてこの船を攻撃してくることを。

できれば、このマッコウクジラも帰りたかったに違いない、仲間のいる、家族のいる海域へと。でも、そうするための体力はもう残されてはいない、そう悟ったのだろう。

クリスには、一瞬このマッコウクジラに対する、そんな憐憫《れんびん》の情が浮かんだ。

が、そんな思いは一瞬で吹き飛んだ。この衝撃は、乗組員全員の命が絶望的な状況に晒《さら》されている、ということを意味しているのだ。

クリスの縋《すが》った一縷《いちる》の望みもついえた。が、クリスはこの期《ご》に及んでも尚、冷静さを崩してはいない。トーマスとマックに、大声で船の損傷個所の点検を命じる、と同時に沿岸警備隊に向けて、再度の、

「現在マッコウクジラの攻撃を受けている。至急救助を求む…　…！」

との緊急救助信号を発信した。

そしてバリーとジニーには船室へ入り、しっかりと固定されたものにしがみついているように命じた。

この一連のクリスの動きは、一瞬のうちに行われた。

攻撃は始まったのだ。次の攻撃は、そう間を置くこともなくやってくる。

「キャプテン、エンジンを含めて損傷はありません…　…」

という大声での返事が、船底で損傷個所を点検したトーマスからあった。

クリスは船上に仁王立《におうだ》ちで立っている。手には、あの考えている一時間の間に、台所にあった一番大きな包丁と、モップの柄で作った手製の銛を持っていた。

クリスはマッコウクジラの眼を狙っていた。マッコウクジラの体力が著しく弱っているのは、最初の攻撃で船体に損傷の無かったことで分かる。

弱っているマッコウクジラであれば、運が良ければ眼を狙えるかもしれない。

若いマックはクリスの背後に立っていた。右手には愛用の大型ナイフが握られている。マックは、キャプテンが死ぬ覚悟をしていることを悟っていた。

でなければ、冷静沈着なキャプテンが、手製の銛一本でマッコウクジラに挑むような、そんな無謀なことはしない。

自分も、そのキャプテンと共に死ぬ覚悟のマックだった。

マックは口がきけない。そのために、キャプテンと意思の疎通をすることもほどんどなかった。すべてトーマス経由で用が足りたからだ。

マックは口がきけないという理由だけで、虐《しいた》げられた人生を送ってきた。

(話せないことは、悪いことなのか……?)

そう問おうとしたが、そのことさえもマックには話すことができなかった。その前に、社会がマックに有無《うむ》を言わせなかった。

学校ではいじめられ、社会に出てからもそれは変わらなかった。それは二度と思い出したくもないほどに、踏みつけられてきた人生だった。

トーマスが酒場の片隅で下働きとして働いていた自分を拾ってくれた。初めてトーマスみたいなやさしい目をした人間に出会った。そしてキャプテンに紹介された。

初めてだった、あんな柔和《にゅうわ》な目で見られたのは。この船の乗員として雇われた。度肝《どぎも》を抜かれたのは、受けた待遇だった。

船にかかる経費を除いた利益は、すべて三等分だった。トーマスも温かい目で、キャプテンから言われたその条件を聞いていた。

その前提として、キャプテンやトーマスよりも働くことを条件として出された。

根が勤勉なマックだ。働くことはまったく苦じゃない。このキャプテンやトーマスの下であれば、無給でも働きたいほど。

そんな条件下でも、利益を三等分するなんという話は聞いたことがない。

バリーという人が船に乗ってきた。三千ドルが支払われるということだった。

その三分の一の千ドル分が、口のきけないマックにも渡された。このことにも驚かされた。これほどの徳の高い人には、もう会えないと思っている。

他人《ひと》に言うことはなかったが、何度も死ぬことを考えて生きてきた。それほどに生きる価値のない、ひどい今までの人生だった。

キャプテンが生きる希望をくれた。そして誠心誠意、働ける場所を与えてくれた。

そのキャプテンが死を覚悟して今闘おうとしている。

もしここでキャプテンを一人で死なせるようなことがあれば、例え生き延びたとしても、生きる価値のない人生になってしまう。

トーマスがいればジニーとバリーの心配はない。マックはそう考えて、クリスの背後に静かに立っていた。

クリスはマックが背後に立っているなどとは思いもしていない。彼は全神経を目に集中させ、マッコウクジラが次は何処に浮上してくるのか、それのみを計っていた。

鉛色の雲が激しく動き、風だけがビュー、ビューと吹きすさんでいる。

マッコウクジラの姿はどこにも見えない、と思った時、今度は左舷側で凄い音が生じた。その衝撃は最初のものより も層倍《そうばい》激しかった。

クリスも横倒しになり船上を激しい勢いで滑ったが、船縁《ふなべり》で止まったため軽い打撲は受けたが、何とか立ち上がった。マックにも怪我《けが》はない。

この衝撃で電気系統に異常が生じ、電気、無線等に不具合が生じたようだ。

さらに船底から浸水しているとのトーマスの声に、マックが素早く浸水を止めるために船底に降りて行った。

より深刻な問題はエンジンにあった。二度目の大きい衝撃で、エンジンにも不具合が生じたようだ。

船は停止したままで、先ほどまであったピストンの律動的な音も、今は消えている。

クリスの、

「損傷個所を報告しろ……」

との緊急度の高い声に、声を出せないマックからは反応がない。多分浸水は止められるのだろう。そうでなければ報告に上がってくるはずだ。マックの頭の働きは悪くない。

「キャプテン、少し時間をください。何とかできそうです……」

との声が、エンジンを点検している船底のトーマスから上がってきた。

船が動いているのと、止まっているのとでは、クジラの体当たりを受けた際、その衝撃度に大きな違いを生じる。トーマスの仕事には百パーセントの信頼を置いている。が、どれほどの時間を要するのか？　それが重要なのだが、そのことはトーマスが一番よく分かっている。

クリスにできること、それは耐えること。トーマスからの連絡を待つしかない。

最悪の状況。残念ながら、最悪の対処方法をとらざるを得ない事態になったようだ。

その時、右の舷側の十メートルほど向こうの海上に、二本の銛を撃ち込まれた小山のような、圧倒的な重量感を見せつけるように、マッコウクジラが突然その姿を現した。

その左の眼がクリスの視線と出会った。無感動な冷たい眼をしてクリスを睨《にら》んだ。数秒の間浮上したその姿をまた海中にもどした、船尾に回り込むように。

この時クリスに浮かび上がってきた思い、それはこのマッコウクジラが、船の後方から勢いを付けて衝突してくるのではないか、との危惧《きぐ》だった。

接近して体をぶつけられただけでも、船はこれだけの損傷を負っているのだ。勢いを付けて衝突されたら、もうひとたまりもないだろう。

その上、船はまだ停止したままだ。

一方、バリーにできることは何もなかった。彼はジニーをしっかりと抱《だ》きかかえながら、船室からクリスの行動を見守るしかなかった。

ジニーは小刻みに震えている。感性の豊かな子だ。それだけに、マッコウクジラから受けた二度の衝撃に、言葉にしようのない恐怖感に抱きすくめられているのだろう。

だが、バリーは自分でも理解できないような不思議な感覚を味わっていた。まったく恐怖感が湧き上がってこないのだ。

バリーも理で考える男。

クリスがあのマッコウクジラに勝てるなどとは思ってもいない。バリーも右舷側の十メートルほどという、間近《まぢか》な距離に浮上してきた、あの圧倒的な重量感を有したマッコウクジラの姿に驚愕《きょうがく》している。

（あんなクジラに手製の銛一本で勝てるはずがない……！）

というのが正直な思い。

そのことが、この船の乗組員全員の死を意味することは勿論理解できる。でも、それが分かった上でも、奇妙なことに、バリーにはいささかの恐怖心も生じてはいない。

それはクリスのあの姿なのだろう……、と不思議な冷静さの中でバリーは思っている。

バリーには、目の前のクリスの姿は例えようもなく崇高《すうこう》な姿に見えていた。

このクリスの姿には、一切《いっさい》の雑念から解き放たれた、自分の命を以《も》って全員の命を救うという、究極の「利他の心」

が宿っている。

クリスの脳裏には、ジニーを救う、乗組員全員の命を救う、というキャプテン本来の純粋な使命感しかないのだろう。

崇高《すうこう》な人間の姿を見る機会など、どれほど長生きをしても、大方の人に、その機会は与えられない。今バリーは正真《しょうしん》正銘《しょうめい》のその姿を見せられていた。

その感動にバリーの心は震えていた。そしてその感動がバリーの中では、恐怖心を上回っている。そのバリーに恐怖心が生まれる理由がなかった。

死を目の前にした人の心理状態など、常人には理解できない。

クリスは手製の銛から大型の包丁を切り離すと、左手に持ち右手には、トーマスから譲り受けた、手術用のメスのように繊細に研《と》がれた、鋭利なコンバットナイフを握っている。

クリスはこの状況を予知していた。

沿岸警備隊に緊急救助信号を発信したが、この急場に間に合うとも思えない。

通常であれば、緊急救助信号は近辺の漁船等にも同時に発信するのだが、相手はマッコウクジラだ。救助にきた漁船も巻き添えを食らうかもしれない、
それを危惧《きぐ》したクリスは、救助信号は近辺の船舶には発信していない。

マッコウクジラの攻撃はすでに始まっている。警備隊の基地からこの場所まで四時間はかかる。警備艇が運よく近辺にいれば間に合うだろうが、そんな幸運は期待できない。

この状況はどう考えても絶望的。だがやれる可能性があるうちはクリスは決して諦めることはしない。それが船長としてのクリスの矜持《きょうじ》だった。

クリスには、もう一つ秘められた思いがあった。

それは未熟なクリスのために、悲しい死を迎えた妻ヘザーと娘キャシーの最期。特にキャシーの死は未だにクリスの心の大きな部分を占めている。

人としては死んでいると思っていたキャシーの手を握った時に、キャシーに強く握り返された時の衝撃。壊れたおもちゃを見るような目をして、長い間キャシーを見ていた非情な自分の顔。そして、病院の屋上でその自分の非道を後悔して号泣していた自分の姿。

その三十五年前の出来事のすべてを、まるで昨日のことのように覚えている。クリスは、そんな自分を許したことはないし、今からも許すことはない。

死ぬことは何度も考えた。が、死ぬことで長い間キャシーを苦しめ、痛めつけていた自分の非道が許されることはない……、と思い直した。

生きていることが、すなわち罰、と思うことで、クリスは生きる意味を見出していた。

なんとも悲しい生き方だったが、それほどの罪を犯した、とクリスは今でも悔いている。

そのクリスに、ようやく死ぬことが許される……、そういう思いもこの絶望的な闘いの中で、生まれてきている。

乗組員全員を救うこの闘いで死ねれば、キャシーもヘザーも許してくれる……、そういう思いが、クリスから一切の恐怖心を取り去り、この闘いに集中させていた。

ただ不思議なことに、死ぬ前にシャチのキャシーには一目だけでも会いたい、と思う願いも、クリスの中には一瞬だが湧き上がってきた。

キャシーは、亡き妻と娘との楽しかった頃の思い出を与えてくれた。まったく思いもかけなかった、それは本当に嬉しい贈り物だった。

それだけに心の中から癒《いや》される思いがした。が、自分が逃げた、その結果見限《みかぎ》られた。自分が悪い……、そう思うしかなかった。

クリスはマッコウクジラが泳ぐ方向を見ていた。船との距離を開けている。五十メートルほど距離が離れた時、マッコウクジラが方向を転換させた。

クリスの悪い予感が当たったようだ。マッコウクジラは加速を付けて、この船に体当たりをすることを目論《もくろ》んでいる。

クリスは船尾に近い所に立った。クジラとの距離は五十メートルから約三十メートルにちぢまっている、そして二十メートル……。

クリスは全神経を目に集中させ、クジラに飛びかかるタイミングだけを考えていた。

その時だった、タン、タン、タン、タン……、という軽快なエンジン音が響いてきた。何とか修理が間に合ったようだ。

その時船底から上がってきたトーマスを振り返ると、クリスは

「全速前進」

という、潮風で鍛えられた、よく通る大声で最後の指示を出した。

船底から上がってきたトーマスは一瞬、クリスのクジラに挑む姿に息をのんだ。が、一呼吸するとそのまま船室に入り、クリスの指示を実行した。

自分であっても、船長と同じことをするだろう、そうトーマスも思ったからだ。

船は動き出し、そして急速に船足を速めた。が、クジラの加速の方が船足よりもはるかに速かった。両者の距離はみるみるちぢまり、その差は約十メートル。

頭部と背中に突き刺さった二本の銛がはっきりと確認できる。

クリスはこの二本の銛を利用して、尾びれの付け根まで行きつけないかと考えている。クジラの尾びれの付け根には急所である動脈が通っている。三十センチほどのせまい範囲だが、捕鯨船の砲手も狙うのはこの部分だ。

二本の銛が突き刺さっているとはいえ、生身《なまみ》の人間が尾びれの近くまで行くという考え自体が無謀なこと。

クリスも十分に承知している。では代替案があるのか？　と問われれば、そんなものがあるはずもない。であればやるしかない。

クリスの考えは単純明快。命は捨てている。やるべきことをやるだけだった。

その差、五メートル、三メートル。クリスは突然振り返るとジニーを見た、そしてバリーを一呼吸の間、睨《にら》んだ。

その後、大きな叫び声をあげると、助走を付けて船尾の手すりに足をかけて、白波をかき分けて追ってくるクジラめがけて飛びかかっていった。

その叫び声は、バリーには、

「キャシー――……」と聞こえた。

先ほどまで、小刻みに震えていたジニーは、今は目を大きく見開いてクリスの動きをじっと見つめている。

十二歳のジニーにもこれがクリスの最期の姿、だということが分かっているのかもしれない。ジニーがクリスの動きから目を逸《そ》らすことはなかった。

バリーも、クリスの最期の姿を一瞬たりとも見逃《みのが》すまい、と目を大きく見開いていた。

飛びかかっていったクリスの右手の鋭利なナイフは頭部に突き刺さっているが、左手の包丁はクジラの固い皮膚にはじかれたようだ。

クリスは包丁を捨てると、左手を精いっぱい伸ばして、何とか頭部の銛を掴もうとしている。一度目は失敗したが二度目の反動で左手が銛を掴《つか》んだようだ。

クリスは左の手が頭部の銛を掴《つか》むと、背中に突き刺さった銛を見ようとした。マッコウクジラが潜る前に早く背中の銛に行く必要がある。

だが、背中の銛はクリスの視界からは消えていた。

遠目からは二本の銛は近くに見えた。が、頭部の銛に取りついてみると、背中の銛はクリスの視界から消えていた。その距離はクリスには途方もなく遠くに見えた。

その時、クリスが見たものは絶望、そしてジニーの死。自分が死ねばジニーも死ぬ。

クジラが潜行を開始した。水中に没したクリスは酸素欠乏に陥《おちい》り、海中で必死にもがき始めていた。ジニーの死は絶対に認められない、
その思いからくる、絶望の中でのクリスの死のもがき。が、酸素の欠乏がクリスの懸命のもがきとは無関係に、意識を奪い去って行く。

その時だった、クジラの体が突然衝撃を受けて一瞬浮き上がったのは。

その衝撃で、半《なか》ば意識を失いかけて朦朧《もうろう》としたクリスの網膜が一瞬覚醒した。その瞬間に網膜がとらえた姿は白い腹部、クジラに体当たりをしてきた懐かしいキャシーの姿。

その次の瞬間、なくなりかけたクリスの意識に浮かんだ末期《まつご》の思い、それは、

(キャシー、会えてよかった…　…、ジニーをたのむ…　…)

という最期のキャシーへの願いだった。

右手にナイフ、左手に銛を固く掴《つか》み、マッコウクジラに張り付いたままの姿勢で、クリスは旅立って行った。

死してなお、ジニーを守ろうとするクリスの執念がその姿になって、マッコウクジラの頭部に張り付いている。

生涯を通して決して消えることのないだろう、この光景の一部始終を、バリーは胸の震える思いで目撃していた。クリスがマッコウクジラに向かってダイブした時、バリーは同時に左後方からマッコウクジラめがけて、白波を蹴立てて迫ってくる一頭のシャチを目撃していた。そのシャチの後方から、三頭のシャチが追ってくる。

ジニーが突然叫んだ、

「見ておじさん!、あれはキャシーよ、あれはキャシー……　……　…」

ジニーの叫び声も、途中から語尾は消え入りそうに沈んでいった。彼女も気づいたのだろう、キャシーの出現も、最早《もはや》クリスの命を救うには遅すぎる、ということを。

ジニーを船室に残し、バリーはクリスが立っていた船尾に立ち、シャチとマッコウクジラの闘いを目を見開いて凝視《ぎょうし》しつづけた。

このクリスの最期の光景を心の奥底に焼き付けておきたかったのだ。

キャシーが体当たりを食らわせると、マッコウクジラも一瞬ぐらっと横倒しになるが、すぐに体勢を立て直そうとする。

マッコウクジラにしても、まさかこんな状況でシャチに襲われる、などとは思ってもいなかった。

自分の命を守ることが優先される。体力を消耗したとはいえ、むざむざシャチの前で命を捨てる気持ちにもならない。

すぐに船から離れると応戦体勢をとった。が、二本の銛と体力の消耗で普段通りには闘えない。僅《わず》か六トンほどのシャチの体当たりでぐらついたのもそのためだ。

体に圧《の》しかかってくるシャチをもう追い払えなくなっている。最期が近づいてきたのをマッコウクジラは悟っていた。

キャシーは縄張りの海域で家族とともに狩りをしていた。

ここ数日マッコウクジラのクリック音が頻繁《ひんぱん》に聞こえるようになっていた。

あの髪の白い男の船が航行している海域から聞こえてくる。が、初めは凶暴なクリック音でもないので気にもしていなかった。

半年ほど前に子供を助けてもらうためにクリスに会いに行った。漁網を切り離して助けてくれたことがあったからだ。が、髪の白い男にも子供の命は救えなかった。

死は常に明日にあり……、という野生の世界にキャシーも住んでいる。帰ってこない命であれば仕方がない、キャシーはそう思って諦《あきら》めた。

その後、群れで遠くへ行ったりして、クリスにはだいぶ長い間会ってはいない。キャシーはクリスの行動に、何の不満も抱《いだ》いてはいなかった。

クリスは自分の悲しい過去を引きずり、情に対しての負い目があるから、

(見限《みかぎ》られた……)

と勝手に過剰《かじょう》な反応をしていただけだった。

今朝のキャシーに届いたマッコウクジラのクリック音は、昨日までのクリック音とは違い、凶暴そのもののクリック音に急変していた。

マッコウクジラが凶暴になれば、漁船に体当たりをすることなど、珍しくもない。

沈没した漁船は何隻もある。キャシーには嫌な予感がしてきた。

あの海域でいつも航行しているのはあの緑色の船しかない。あの白い髪の男の船が狙われている……、という悪い予感がキャシーの脳裏を過《よぎ》った。

キャシーは母親のリーダーに一時群れを離れる旨を伝えた。理由も伝えた。娘の命を救ってくれた人間の船であれば、一緒に行く、ということになった。

マッコウクジラの狩りに長《た》けたオスのシャチも二頭、計四頭で状況を確かめに行くことになった。

ほんの少しの差で、白い髪の男の命を救えなかった。が、船は救えたようだ……。

そう思いながらキャシーは、マッコウクジラへの攻撃の手を緩《ゆる》めることはなかった。

マッコウクジラの体に圧《の》しかかった時、キャシーの目に、クジラの頭部に張り付いたクリスの死に顔の左側の半面が見えた。

その顔の半面には意外なことに笑みが浮かんでいた。キャシーは不思議に思った、狩られる獲物の最期には苦悶《くもん》の表情しかない。

が、この白い髪の男の最期は笑みで終わっている。

キャシーの、笑みを浮かべたクリスを見る目は、悲しみを隠す穏《おだ》やかさに満ちていた。

生き物たちにとって、生と死は表裏の関係。

生が一瞬にして死に変わることなど、野生では珍しくもなく、「適者生存」の掟が支配する自然界では日常茶飯《にちじょうさはん》に起こること。

ただ、そういう非情と思われる環境にあっても、シャチを含む知能の高い生き物たちは哀悼《あいとう》の心情を有している。

象の場合、群れのメンバーが死んだ時、死骸にやさしく触れ、数日間死体に寄り添ったり、植物で死体をおおったりすることはよく知られている。

また類人猿、イルカなどは例え腐敗していても、数日間子供の遺体を守り、持ち運ぶことも確認されている。こういう例は、他にも多々報告されている。

これらの複数の例を通して分かることは、知能の高い生き物たちが、死者に対して哀悼《あいとう》の意を示すことには、なんの矛盾《むじゅん》も、また不思議もない、ということ。

キャシーのクリスを見る穏やかな目は、彼の死を悲しむ情に満ちていた。

ブルブルっ、という振動がマッコウクジラからキャシーに伝わってきた。まだこのマッコウクジラは死に切れていないようだ。

キャシーは一段と体に力を入れると、海中深くへとマッコウクジラを沈めていく。母親も手伝いにきた。二頭は、より深い海中へマッコウクジラを沈めるため、クリスとともに潜行していった。

キャシーとマッコウクジラとの闘いを、目を皿のようにして見ていたバリーは、マッコウクジラが呼吸するために浮上したその瞬間に、その頭部に張り付き、姿を現した一瞬のクリスの姿もまた目撃していた。

それはまるで、最期の挨拶をバリーにするかのようでもあった……。

だがそれはすでに動きを止めた、執念だけでクジラの頭部に張り付いた、クリスの変わり果てた姿だった。

執念《しゅうねん》の塊《かたまり》と化したクリスの両手は、がっちりとナイフと銛を握り、顔の左半分を見せていた。そのクリスの左半分の顔を見たバリーの顔に、一瞬驚愕《きょうがく》の色が張り付いた。

信じられないことに、何とクリスは笑みを浮かべていたのだ。

思わずバリーは目をこすり、そして再び見ようとした。が、その時はもうキャシーがマッコウクジラの体に圧《の》しかかり海中へと沈め、クリスの姿もまた海中へと没していた。

(本当にクリスは笑みを浮かべていたのか……?)

と、バリーは自問した。答えは同じだった。その後、何度自問しても答えが変わることはなかった。クリスの最期は笑みで終わっていた。

二十メートルほど向こうの海上で泳いでいた二頭のシャチも、気づくと海中に姿を消していた。強い風のおさまった海上には、まるで何事もなかったかのように、低い無数の波頭《なみがしら》が小さく泡立つ姿を見せているだけ。

それから間もなくして警備艇が到着した。一時間ほどクリスの遺体を探すことに協力してもらったが、別の救助案件が発生したということで、間もなくこの海域を離れた。

元々彼らに頼るつもりはない。四人は船長の遺体を回収すべく近辺を探し回った。が、暗くなるまで探したが見つけることはできなかった。

バリーはその方が良かったと思っている。せっかくクリスが掴《つか》んだ自由だ。この自由な大海原《おおうなばら》で、今度こそ気ままに生きてほしい……、それがバリーの望むことだった。

あのクリスに浮かんでいた最期の時にのぞんで生じたほのかな笑み、バリーには他の誰にもこのことを話すつもりはない。

クリスの過去を知らなければ、誰にもあの笑みは理解できないからだ。

ジニーには話すつもりでいる、クリスの過去の思い出と共に、四年先の十六歳の誕生日に。その日、ジニーは彼女の知らなかった、キャプテンの悲しい物語と、素晴らしい一面を、また知ることになるだろう。

そのジニーは今、右舷側へ行ったり、左舷側へ行ったりして、

「キャプテンが上がってこない、キャプテンが上がってこない……　……　……　……」

そう何度もつぶやきながら、涙を必死にこらえ薄闇が濃くなる海上に、皿のようにした目を這《は》わせて懸命にクリスの姿を探し求めている。

クリスはジニーの唯一の、心の絆《きずな》で固く結ばれた保護者だった。もうジニーには頼るべき家族は、この世に一人として残ってはいない。

バリーはジニーの、必死でクリスの姿を求めてさまよい歩く姿を止めることはしなかった。その行動が、ジニーの悲嘆《ひたん》をいくらかでも和《やわ》らげることを知っていたからだ。

やがて日が落ちた。

四人は暗闇に包まれた海に向かって、船長に最後の別れをしていた。バリーは甲板を叩く音に気づいて、後ろを振り向いた。

彼が見た光景は、腰から崩れ落ちて握りこぶしで甲板を叩きながら、声にならない号泣《ごうきゅう》を放っている、口のきけないマックの姿。

マックは浸水を止めるために必死で働いていた。そして浸水がようやく止まり甲板に出てみると、もうキャプテンは独りで逝《い》った後《あと》だった。

キャプテンにどう詫《わ》びればいいのか……、マックは途方に暮れて、沈黙の号泣《ごうきゅう》を放つしかなかった。

トーマスを見た。ジニーを見た。それぞれがクリスの死に、大粒の涙を流している。

クリスの残したもの、それらは決して小さなものではなかった……、そのことを、バリーは無言のうちに知らされていた。

マックの姿を通して、トーマス、ジニーの涙を見て、バリーはクリスの、はにかむような笑顔の裏に隠された、あの大きさを、今再び思い知らされている。

クリスの死を彼のためには良かれ……、と思っていたバリーだったが、やがて彼の頬にも、とめどなく涙が伝い落ちてきた。

彼もまたいつしか、真の友を失った……、という、心の折れるような悲しみに耐え切れなくなっていた。

第八章　パスファインダース（道を求める者たち）

森は今年も唐突に季節の変わり目を迎えていた。

ある日突然、降るようにして、木々から無数の黄金色《こがねいろ》の葉が落ちてくる。

落ちた葉は厚く重なり合い、そう長い時をかけることもなく、輝くばかりの黄金色《こがねいろ》に覆《おお》われた晩秋の森の景色を作り上げる。

そうして森は、長く白い冬を迎える準備に入る。

ニューヨークにも晩《おそ》い秋の冷たい風が吹いていた。

ニューヨーク郊外の、森に囲まれた墓地の一画にジニーとバリー、そしてトーマス、マック。その四人に加えて、体調を崩した父親ロッド・スタイナーの代わりに、息子のジェラルドが代理で佇《たたず》んでいる。

目の前には真新しく、クリスの名前と、生きていた年数が刻まれた墓石が立っていた。

墓石の右隣には娘キャシーと妻ヘザーが眠っている。

新しい墓石の下に遺体はない。遺体は、シャチのキャシーが連れて行った太平洋の海の底で眠っている。

埋められた棺《ひつぎ》には、ジニーが選んだクリスの思い入れのある小物などを入れていた。これで三人が生きていた頃のように、またお話ができる、とジニーは考えているようだ。

クリスは死に場所を求めて生きていた。何とも悲しい生きざまだったが、彼は決して妻と娘に与えた己《おのれ》の非情さを許すことはなかった。

クリスの生き方を通してバリーは、そう感じている。

だが二人の死を心から悼《いた》み、徳を積み、乗組員の命を助けるために、自《みずか》らの命を犠牲にしたクリス。そのクリスを二人が許さないはずがない。

辛く、長い時間を要したが、帰りたかった場所にクリスはようやく帰れた…　…、それがバリーの思いになっている。

バリーは心の中で一言だけ、そのクリスに伝えた、

（お前さんから睨《にら》まれた、あの目の光は忘れない。ジニーはこの僕が、命をかけて守り通す…　…）

クリスがマッコウクジラにダイブする前に、彼はバリーを睨《にら》みつけた。バリーは正確にそのクリスが睨《にら》んだ意図を理解していた。

バリーは、そのことをクリスの墓に誓っていた。

ジニーは涙を流しながら何かを祈っている。四人は静かにジニーの祈りが終わるのを待っていた。

バリーはふっと、落ち葉が舞う空を見上げた。一つの季節が、今過ぎ去って行ったような気がしたのだ。

それは、それまでには経験したことのなかったような、少し悩ましく、苦しいものだったが、生きている実感を与えてくれる、バリーにとっては大切な時間だった。

その季節の終わりがクリスの死と共に、バリーの心の中を静かに吹き抜けていった。

「おじさん…　…」

という声がバリーの耳に届いた。祈りを終えたジニーがバリーの左手を握ってきた。

やがてハグを交わした五人は二手《ふたて》に分かれた。

トーマスとマックは、車でカナダの港に帰り、また彼らの道を歩きはじめる。ジニーはバリーの自宅から中学校に通うことになっている。

バリーはジニーとジェラルドを乗せて、ニューヨークの自宅へと車を走らせた。

ジェラルドには、最近会っていない彼の父親、ロッド・スタイナーの体調と近況も、バリーは聞いておきたかった。

クリスが海の底に姿を消してから二十日余りが経っていた。

やっと今日の葬儀で、一つのけじめがついたような気がする。

遺体がないのだ。クリスの葬儀は急ぐ必要もなかった。

クリスの遺産の調査、漁船の損傷のチェック、新たな漁船の購入等々、ニューヨークに戻る前にやることが多くあったためだ。

クリスの遺産はすべてジニーに残されていた。

驚くことに、十二歳のジニーが大学を卒業するまで、今から何もしなくても暮らしていけるほどにクリスの預金額は膨《ふく》らんでいた。

高給取りの船長を三十年近くもしていたのだ、それくらいの金額にはなるのだろう。

それに加えて、祖母のベスから五年前に譲《ゆず》られた、十数億円の遺産は手つかずで残っている。すべては彼女が成人した時に受け取れるようにした。

それまではクリスに変わってバリーが資産の管理をする。

ジニーは、そういうものにはまったく興味を示すことはなかった。

漁船の損傷は寄港してから再度チェックしたが、相当にひどいものだった。船の左舷側はマッコウクジラの攻撃で原形をとどめないほどに潰されていた。

船底の多くの浸水箇所。そしてエンジンの不具合も完全復旧は困難。

トーマスとマックは、今からの人生を生きていかなければならない。そのための生業《なりわい》が必要だ。バリーは新しい漁船の寄付を申し出た。

「我々は物《もの》もらいじゃぁない……」

そう言われて呆気《あっけ》なく断られた。彼らは、

「施《ほどこ》しは受けない……」

という、クリスの気質《きしつ》を受け継いでいた。

それなら……、と、バリーは長期の融資を申し出た。金利はごく低利。そして、担保は二人の口約束だった。

トーマスもマックも、バリーの真意を理解していた。二人はバリーに頭を低く下げると、バリーの申し出を受け入れた。

船体は前の船と同様に緑色にする。前の船には名前がなかったが、新しい船には、二人を育ててくれたクリスの名前を冠して「クリス号」という船名にしたい、という提案が二人からあった。バリーに異存《いぞん》はなかった。

そして最も時間のかかったこと、それは、ようやくあの気がかりな物の正体が、黄金色《こがねいろ》の霧の向こうから、バリーの前に姿を現してきたことだった。

それに対して頭の中を整理する時間がバリーに必要になった。これが二十日余りのクリスの葬儀の遅れの最大の理由になっていた。

気がかりな物の正体の「取っ掛かり」を、以前、あの黄金色の霧の中で掴《つか》んだような気がした。が、その姿を目を凝《こ》らして見ようとすれば、いつものように遠くに姿を消していく、という状況は変わらなかった。

その正体が、まったく思いもかけなかった所から、急に姿を現してきたのだ。

それは突然のことだった。

ある日の昼下がり。クリスの家の庭へ迷い込んできた三匹の子猫を、所在なげにぼんやりとバリーはながめていた。

捨てられた迷い猫なのだろうか？　最近ジニーが、話しかけたり、またミルクや食事を出したりして面倒をみている。

食事の時間なのかもしれない、三匹の子猫はおとなしくジニーの来るのを待っている。十日前にもこういう光景をバリーは目にしていた。

その時には、我先《われさき》に、というように、ミャー、ミャー……、と甲高《かんだか》い鳴き声でうるさく騒いで、バリーを閉口させたものだ。

が、その子猫たちが今日は静かに、ジニーの来るのを待っている。やがて、いつものようにジニーが三つの器にミルクを入れて持ってきた。

子猫にはもう自分の器が分かるのだろう。器が置かれると、各々《おのおの》の器に子猫は近づき静かにミルクを飲みだした。

この時だった、何かが稲妻《いなずま》のように、バリーの体の中を奔《はし》りぬけていったのは。

海上で深い霧におおわれたあの日、濃霧の中に一条の黄金色《こがねいろ》の陽が射しこんできた。

黄金色《こがねいろ》に変化した、その霧の中に浮かび上がってきたのは、ニューヨークで失望を味わわせてくれた面々の顔。

その次に浮かび上がってきたのは、ジニー、そしてロッド・スタイナーの孫娘たちの顔だった。最後の漁に出る前に、バリーに湧き上がってきたあの感覚、それは、

（この二種類の顔は「汚れた顔」と「汚れを知らぬ顔」……）

という思い。が、あの時は、見ようとしても、その先《さき》がどうしても見えなかった。

その先《さき》を、今、目の前の三匹の子猫たちが見せてくれている。

汚れた顔は、壊れた大人たちの顔。汚れを知らぬ顔は、無垢《むく》な子供たちの顔。

捨てられていた三匹の子猫たちの振る舞いは、

「壊《こわ》れた大人たちを修理するよりは、無垢《むく》な子供たちを育てる方が、時間はかかるが、地球の環境を救うためには確かな道……」

という、唐突な閃《ひらめ》きにバリーを導いていた。

捨てられた猫の子でさえ十日も学習すれば、争わなくてもミルクが飲めることを学んでくれる。人間は自然の中では最も知能が高い。

その子供たちを、正しい道へと教導できれば、あるべき人間の姿を取り戻すことができるかもしれない……。

この考えが閃《ひらめ》きとともに、バリーの脳内に無数の光を生じさせていた。

（公徳心がデジタル社会によって蝕《むしば》まれている。そのデジタル社会に蝕《むしば》まれた子供たちの心に、再び自然を愛する心が甦《よみがえ》れば、世の中は変わるかもしれない……）

という思いが、日常の中でバリーの心中に浮かび上がってきたことは何度もあった。

心の中に潜んでいたその思いが、汚《けが》れのない子猫たちの振る舞いを通して、この閃《ひらめ》きに導いてくれたような気もする。

（今の子供たちが、地球の子供としてしっかりと自然の大切さを学べば、その次の子供たちの時代のために、より希望のある未来を残せる……）

稲妻《いなずま》が体の中を奔《はし》りぬけたような感動を通して与えられたこの天啓（天の啓示）は、バリーが今から歩いて行く道を示している……。

バリーは、震える胸でそう確信していた。

バリーにとって、この天啓は三つ目の啓示。そして最後の啓示、のように思われた。

一つ目は母親が残した言葉。二つ目は海からの呼び声によってもたらされた暗示。そして無垢《むく》な子猫の振る舞いを通して得られた三つ目の啓示。

バリーには悩みぬいた挙句《あげく》、ようやく、求めてきた道を探しあてることができたような気がする、捨てられていた三匹の子猫たちのおかげで……。

バリーに与えられた道、それは、

「壊《こわ》れた大人たちを修理するよりも、無垢《むく》な子供たちを教え導いていく道」

だった。この道を求めるために何を為《な》すべきか？

それを考えれば気の遠くなるような、多くの解決すべき問題があり、またどこまでもつづく茨《いばら》の道がある。

この考えに至ったバリーは、思想の骨格だけは、刺激が冷《さ》めやらぬ前に整理しておきたかった。骨格を整理することによって、その思想に無理があれば自《おの》ずと破綻《はたん》する、そう考えたからだ。

バリーは二日ほど、長く深い考えに落ちていた。そしてその後にきざしてきた考えが、

（パスファインダースクラブ（道を求める者たちのクラブ）を立ち上げる……）

という考え方。

「パス」とは「道」のこと、それも「人の生きるべき道」を意味する言葉。

この「パスファインダースクラブ」の本旨《ほんし》は、

「人は他の生き物たちと同じ地球の子供。海は生きる物すべてのふるさと」

この一文に尽きる。

この考えが子供たちに根付けば、その子供や孫たちの未来は守れるかもしれない。

この考えが根付いても、高い知能を有した人間の、他の生き物たちに対しての圧倒的な優位性が変わることはない。

生活も今とは殆《ほとん》ど変わることはないだろう。

だがこの考えが根付けば、自然に対する人々の対応は劇的に変化する……、とバリーは考えている。

今までのような野放図《のほうず》な自然に対する侵略は姿を消す。その結果、子供たちの未来に明るい陽が、再び射《さ》すようになるかもしれない。

気候変動が大災害をもたらしている現状がある。それを防ぐ目的で、子供たちを正しく教導していくこのやり方は、時間がかかり、あまりにも迂遠《うえん》（遠回り）に過ぎる、という思いもある。

だが最善の策というものは高嶺《たかね》の花のようなもの。

見えてはいても手が届くことはない。一歩一歩、歩を進め、たとえ迂遠《うえん》（遠回り）と言われようと、確かに歩く地道な努力が必要。

また、バリーの持つ三千億円程度の個人資産でも、この策であれば推進できる。

もし、間に合わなければ……、という思いも浮かぶ。

その時は、それで仕方のないこと。人間は長い時をかけてそれだけのことをしてきたのだ……、そう思い、その運命を受け入れるしかない。

が、バリーは、この自然と共存する考え方は、人間が生き残るために「本来人が持つべき考え方」、だと信じている。

（であれば、結果の可否《かひ》は度外視《どがいし》しても、この道を歩くしかないだろう……）

それが熟慮した挙句《あげく》、バリーにもたらされた結論。

この「パスファインダースクラブ」に賛同してくれる人々が数多く集まってくれれば、近い将来には大学を設立することも視野に入れている。

「いい学校に入れれば、いい会社に就職できる。そうすれば将来、幸せでいい暮らしができるようになる……」

という利己的で俗物的《ぞくぶつてき》な教えが、知性に欠けた大人たちを作り上げてきた。

それとは異なった「パスファインダースクラブ」の考え方を持つ、若い世代を育成できれば、その若者たちが「パスファインダースクラブ」の理念に沿って、新しい時代を作っていける。

この基本的な考えに至ったバリーには、次から次へと、まるで幼子《おさなご》が吹きまくるシャボン玉のように、実施すべき様々なアイデアが浮かび上がってきた。

そのアイデアの中で最も時間をとられたものが、このクラブを立ち上げるための根幹《こんかん》になるシステムだった。

バリーには以前から、他人《ひと》にはきびしく秘してきた思いがある。それは、「男性中心社会」というものに対する思い。

この社会という存在は、単純化して考えればシステムの一つに過ぎない。彼の思考の根底には長年暮らしてきたビジネス社会の回路がある。

その思考回路には、システムに制度疲労は付きもの、という意識が常に備《そな》わっている。

従って、目的遂行のために適合しなくなった古いシステムは、遅滞《ちたい》なく、問題を解決する新しいシステムに転換する。

この考え方は、どの業界でも採用され、システムを変更することは当然のように昔から繰り返されてきている。

「男性中心社会」というシステムを考えた時、これほどに現状に適合しないシステムも珍しい、というか、他に例を見ないほどに時代遅れのシステムにバリーには思える。

有史以来、人間は戦争という名のもとに殺し合いを繰り返してきている。

「人間の歴史は戦争の歴史」という言葉さえあるほどに。

男性、野生で言えばオス。オスの特質は、その腕力にある。オスの役割の最たるもの、それは自分の種を残すための腕力、そして縄張りを守るための腕力。

人間の男性もオスと大差はない。だから、時間のかかる話し合いよりも、安直に結果を出せる腕力に頼る戦争がつづいてきた。

男性の中にも平和を愛する者は数多く存在する。だが多くのそのような理性的な男性の腕力は弱い、また大きな声も備わってはいない。

緊張を孕《はら》む有事に際しては、理性に欠けても声の大きい腕力に勝《まさ》る者が、集団心理によって指導権を握ることになる。

残念ながら、その腕力に頼るがために多くの場合、戦争を避けるための真摯《しんし》な努力がされることはきわめて少ない。有史以来、争いの記録は残されている。それから気の遠くなるほどの時を経た現在、なおも戦火がやむことはない。それどころか、現状は昔と比べると言葉にならないほどに、戦争は大規模になり、より残酷化している。

二千二十四年の現在はどうか？ と問われれば、胸を引き裂かれるような思いがある。

連日、現在この瞬間においても、欧州と中東の一部では子供、女性、老人の社会的弱者の多くが虐殺、餓死という、言葉に尽くしようのない過酷な状況に直面している。

問題を煎《せん》じ詰《つ》めれば、すべての戦争は話し合いで回避できる、正常な常識と少しの理性さえあれば。腕力に自信があるために、問題を煎《せん》じ詰《つ》めないだけの話。

戦争の最大の犠牲者は、常に子供、女性、老人の社会的弱者なのだと、最初から分かり切ったこと。だから理由の如何《いかん》を問わず戦争は回避すべき、というのが多くの人の意識。

そういう意識はあっても、「男性中心社会」という環境の中では、戦争を回避できない。悲しいことに、人類の歩いてきた歴史そのものがその証人。

さらに戦争が奪うものは、人間の生命、財産だけではない。

自然環境に甚大な損傷を与えることにより、他の生き物たちの命、生息域を根こそぎ奪っていく。それも、陸、海、空の三界すべてにおいて。

このことが子供たちの未来をさらに危《あや》うくしている。

なまじ腕力を持つが故に、短絡的に戦争をしてしまう、この思考の未熟さ。

そして子供、女性、老人たちへの残酷な仕打ち。その残酷な仕打ちを理解した上で、それを歯牙《しが》にもかけずに戦争を始める冷酷さ。

知性の欠如した、この横暴《おうぼう》な「男性中心社会」の愚《おろ》かさ、これをどう表現すればいいのか……？　犠牲になった多くの幼子《おさなご》の死を前にしては、語るべき言葉さえも見つからない。

このようなことは、バリーでなくても誰もが感じること。何故、そんな愚行《ぐこう》は止めるべき！、という声が封殺されるのか？

考えられることは一つだけ。我々庶民とは異なった世界に住む、自己の利益、保身のみを図《はか》る多くの壊れた大人たちが、その声を抑《おさ》え込んでいるということ。

人口の少ない昔には、社会に秩序がなかった。その中で、身を守るための腕力には正当性があった。が、警察力が完備された、この成熟した現代の社会で腕力が必要なのか？

答えは否《いな》だ。百害あって一利なし。

その一利もない腕力を強くするために、毎年驚くべき資金が世界各国で無駄に使われている（軍備拡張）。

手を叩いて喜ぶのは、軍備拡張で巨利を得る一部の特権階級のみ。

百害あって一利なし、という戦争をやめてこの資金を使えば、世界中の人々を貧《ひん》から、飢餓《きが》から救える……、というのにだ。

実態は真逆の状態。そこに人間の暗愚《あんぐ》さ、また救われようのない一面を、バリーは見せつけられているかのような思いがする。

何故このシステムが転換できないのか？　バリーには不思議でしようがない。

多分、「男性中心社会」という有史以来継続してきた状況が、人々の生きる前提として、意識の中に盲目的に刷り込まれてきた所為《せい》なのだろう。

また宗教や思想，といった類《たぐい》のものが、自分たちの立ち位置を守るために、その考え方を強力に後押ししてきた、という理由もあるのかもしれない。

ある宗教では、この現代に至っても尚《なお》、女性を一等下《いっとうした》に見ているのだから。

このことは女性の参政権の取得時期にもつながってくる。

女性の参政権はほとんどの国で、二十世紀に入ってようやく認められてきた。驚くことに、つい最近まで女性の地位はこれ程までに蔑ろ《ないがし》にされてきた、ということになる。

もし「男性中心社会」に対して声をあげれば、この中で利益を貪《むさぼ》っている多数の輩《やから》が拳《こぶし》を振り上げて向かってくることだろう。

アメリカという国に、「銃社会」なるものが存在する。

凶悪な銃犯罪が発生するたびに、銃規制が呼びかけられている。

が、その都度《つど》、既得権益団体、そして、それらに支持され、利に目のくらんだ政治家たちが振り上げる、拳《こぶし》と大きな声に阻《はば》まれて、その当然の動きが潰《つぶ》されてきている。

結果、人々の命を奪う凶悪な銃犯罪が繰り返されている。しかも銃が規制される気配《けはい》は未《いま》だにない、世界の多くの人々がこの「銃社会」を認めていないにもかかわらず。

この「銃社会」と「男性中心社会」には、多くの共通点があるようにバリーには思える。

一方女性に目を向ければ、野生ではメス。

メスの特質は和と耐える心にある。メスの役割の第一義は、種の保存のために子供を産むこと。そこから生まれてくる最大の感情は、我が子のための平和を求める心と耐える心。

平和は容易に手に入れることができるものじゃない。戦争を回避するのであれば、折れない耐える心があって初めて可能になる。

バリーは、秩序ある成熟した社会においては、「腕力」ではなく和を求め、耐える心を持つ「女性中心社会」のシステムが、より相応《ふさわ》しい、と考えている。

「男性中心社会」は、戦争により自然環境に甚大な損傷を与えることで、環境破壊と密接に結びついているが、「女性中心社会」のシステムはその性格上、「パスファインダースクラブ」の本旨にも通じるものがある。

だからこのクラブには、女性が主導する「女性中心社会」の考え方を根付かせるつもりでいる。

だが「女性中心社会」を最善のものとして、盲信する気持ちはバリーにはない。

「男性中心社会」がすでに制度疲労を生じて機能不全になっていることは戦争の歴史を通しても明白。であれば、機能すると思われる新たなシステムを採用するという、ごく当然の常識に沿った考え方をしているだけ。

子供たちの未来を守るためには、足踏みをしているだけでは無責任のそしりを受けるのは当然のこと。試行錯誤を重ねて、如何に「子供たちを守る」という目標に近づいていくのか……、今必要とされるのはその行動を起こすこと。

だが、こうした考え方を声高《こわだか》に叫ぶつもりもバリーにはない。既得権益を背負った輩と不毛の議論や争いを呼び起こすだけだから。

子供の未来を守るために闘う必要があれば、バリーに一切《いっさい》の躊躇《ちゅうちょ》はない。

だが、その闘いは「腕力」ではなく「意識」の中での闘い。

誰も傷つくことなく勝利しなければ、その目的が達成されたことにはならない……、それがバリーの脳裏にある道筋。

女性を畏敬《いけい》するという発想に、バリーを導いてきた最も大きな誘因《ゆういん》は、子供時代に、ある女の子との間で経験した二つの鮮烈な記憶だった。

バリーには、今でも忘れられない苦《にが》い記憶と、切《せつ》ない記憶がある。

苦《にが》い記憶は十歳の時。二人のいじめっ子にバリーは近くの公園で殴られ、足蹴《あしげ》にされ十歳とは思えないほどの、暴力的ないじめにあっていた。

頭を抱《かか》えて小さいバリーはうずくまっていた。新たな足蹴《あしげ》が襲ってくると、体を固くしていたバリーの周りには、不思議なことに奇妙な静けさが戻っていた。

恐るおそる顔を上げたバリーの目に映《うつ》ったのは、バリーを守るようにして、胸を張って腰に両手をあてて立っている一人の女の子。

それはバリーの家から二軒左隣の家の娘、一歳年上のメアリー。バリーたちよりも背の高い女の子だった。

この年代は女の子の成長は早い。二人のいじめっ子は体の大きなメアリーに圧倒されていた。いきなり、

「パチーン……」

という乾いた音がした。

それは彼女がいじめっ子の一人の頬《ほお》を叩いた音だった。不思議なことに、この音がバリーの耳には、快く響いたことをまだ覚えている。

「痛いでしょ……、いじめられて叩かれる方は、もっと、もっと痛いのよ……」

そのメアリーの声が聞こえると、二人のいじめっ子は、パタパタと大きな足音を残して、泣きながら逃げていった。

その後、メアリーは、

「痛かったでしょう、バリー。でも、もう大丈夫よ……」

そう言いながら、バリーについた土ぼこりをやさしく払い落としてくれた。

呆然《ぼうぜん》として、勇敢なメアリーに見とれていたバリーが、その時、礼を言ったのかどうかさえも、定かには覚えてはいない。

それほどにメアリーの態度は、やさしく毅然《きぜん》としたものだった。

二人のいじめっ子が相手だ。怖くないはずがない。だが、あの時のメアリーからは、些《いささ》かなたじろぎさえも感じられなかった。

切ない記憶は、二度目にバリーがメアリーに会った高校二年生の十七歳の時。

自転車で通学していたバリーは、通学路の脇道で二人の不良高校生に絡《から》まれていたメアリーに出会った。

七年前にメアリーに助けられた光景は、バリーにとっては忘れられないものだった。メアリーの顔も忘れたことはない。その後間もなく、メアリーの家族が引っ越したこともあって、話しをする機会も失われていた。

それは彼女との七年ぶりの出会いになった。相手の不良は二人だったが、バリーの、

（メアリーを助ける……）

そう思う気持ちには、微塵《みじん》のためらいもなかった。

バリーの体も普通の高校生よりは、だいぶ大きくなっていた。メアリーと二人の不良の間にバリーは迷うこともなく割って入った。

メアリーは涙目になっていた。それを見た瞬間、なんとも言いようのない激しい怒気が、バリーの心の奥底から突

き上げてきた。

それから十分ほどの間、三つの体はくんずほぐれつの状態で、地面を転げまわっていた。

バリーのあまりの怒りに恐れをなしたのか、二人の不良は這《ほ》う這《ほ》うの体《てい》でその場を立ち去った。土塗《つちまみ》れで鼻血を出したバリーが一人残された。メアリーは、

「バリーはバカね、こんなになって……、でもありがとう……」

そう言って、七年前と同じようにやさしく体にこびりついた土を払ってくれた。

バリーは彼女にされるがままになっていた。

（メアリーは僕の名前を覚えていてくれた……！）

訳もなくバリーは泣きだしそうになった。

不良どもに殴られて、あちらこちらが痛い、という思いよりも、そのことがバリーには何倍も嬉しかった。

両手を握りしめ、涙を必死でこらえていた自分の姿を、今でもはっきりと覚えている。

この時もメアリーからは、その一言だけだった。

その後に二度と彼女に会うことはなかった。でも、メアリーとの二度の出会いが、バリーの青春の一ページとして、彼の記憶から消えることは決してない。

今でもあの時のことを思い出すと、五十年の歳月が遠くに過ぎ去ったにも関わらず、ほろ苦《にが》い感情が時として湧き上がってくることがある。

それは、今はもう時の流れに隔《へだ》てられて、手の届かない場所に来てしまったという、後戻りのできない自分に胸が張り裂けそうになる情感だった。

そういう心に染《し》み入るような感傷を、メアリーとの記憶はバリーに与えていた。

だが、この記憶はバリーにとって、ただ単に若い時に受けた感傷、と簡単に切り捨てられるものでもなかった。

一度目の出会いで、女の子であるメアリーは、バリーにとっては途轍《とてつ》もなく正義感が強く、頼りになる存在に思えた。そして二度目の出会いでは、二人の不良に対しても、涙ぐんではいたが、彼女が気丈な態度を崩すことは微塵《みじん》もなかった。

その正義感が強く、毅然《きぜん》とした空気を漂《ただよ》わせていたメアリーの姿に感動していた自分を、バリーは昨日のことのように鮮《あざ》やかに覚えている。

この二度のメアリーとの記憶が、女性を畏敬《いけい》の目で見るという、バリーの若い時からの考え方に深く影響している。

また結婚して僅か半年で不慮の事故のため早世した、亡き妻の影響もバリーは深く受けている。すべての思いを込めて一途に愛した女性だった。情と理のバランスの取れた、やさしいかけがえのない女性だった。

彼が再婚しなかったのは、彼女ほどの女性に巡り会えなかったからだ。

そしてバリーの考え方に、最も大きな影響を与えていたのが母親の存在。地球を愛するが故に、平和な我が子の未来を思いやるが故に、

「地球は生きているの、今熱を出して苦しんでいるの……　……」

という言葉が生まれたのだと、バリーは思っている。

こういう内面に美を持つ三人の女性たちからの刺激を受けて、バリーの心の中で眠っていた女性に対する畏敬《いけい》の念が、六十歳を越えたあたりから、新しく発芽《はつが》してきたのかもしれない。バリーの中で「女性中心社会」という考えがより深まってきたのは、丁度この時期と符合するからだ。

一方、自然界に目を向けると、多くの賢い陸上の生き物たち、例えば、象、ボノボ（小型のチンパンジー）、ハイエナそしてキツネザル、などが「母系社会―女性中心社会」を形成している。

また海洋においては、クジラ、シャチ、イルカなどの高い知能を持つ哺乳類《ほにゅうるい》が、母親を中心とした家族で群れを構成している。

この高い知能を持つ海生の哺乳類《ほにゅうるい》たちは、また知性を持つ生き物とも言われている。

知性の示す先に、「女性中心社会」があるのではないのか……。

その自然の摂理《せつり》を通して、「パスファインダースクラブ」の行く末をバリーは、心の中で秘《ひそ》かに思い描いている。

クリスの葬儀が二十日《はつか》余りも遅れたのは、バリーの頭の中で渦巻いていた、こうした問題を咀嚼《そしゃく》、整理し、時間を置かずに骨格だけは作っておきたい……、というバリーの考えがあったからだ。

ジニーもトーマス、マックも、今までに見たことがない程の、こうしたバリーの真剣な様子を見ると、彼が落ち着くのを固唾《かたず》をのんで待つしかなかった。

バリーが環境の問題に真摯《しんし》に取り組んでいることは全員が知っている。そして彼らのすべてがバリーの役に立ちたい……、とも願っていた。

あのクリスからも生前、

「何かあれば手伝ってやれ……」

と耳打ちされていた。この言葉には、トーマスも驚いた。

キャプテンは常に、感情には支配されない冷静沈着な船長。環境問題などには一番遠い男だと思っていたからだ。

が、このために、トーマスのキャプテンに対する敬意は、より一層深められていた。

この船に乗っている全員が「汚れを知らぬ顔」の持ち主だった。二十日《はつか》余り遅れての葬儀には、

（キャプテンも理解してくれるだろう……）

そう思う、みんなの気持ちもあった。

クリスの葬儀から帰ってきた自宅の居間で、バリーとジェラルドは、真剣な面持《おもも》ちで話し込んでいた。

ジェラルドによると、彼もバリーと同様にウォール街の住人だったらしい。

バリーはジェラルドは長年工員をして生計を立てているとばかり思っていた。バリーの目には、彼も小さな幸せの中で不満を持たずに、慎《つつ》ましく生きているように見えたからだ。

バリーは意外な思いを持って彼の話を聞いていたが、彼が話の中で、ふと漏らした言葉、「時間を金で売るような生き方には、どうしても得心がいかなかったのです……」を聞いた時、バリーは最初の彼に対する見立てが正しかったことを改めて感じていた。

ジェラルドもまた、投資銀行で働いてはいたが、金より大事なものは沢山ある……、と信じて生きているロッド・スタイナーの血を色濃く受け継ぐ男だった。

そしてありがたいことに、クリスの葬儀に参列してくれたこの男は、バリーが心から欲《ほっ》していた能力を有した人材でもあった。彼は自分の構想をジェラルドに打ち明けた。

「パスファインダースクラブ」の構想を実現するためには、バリーの資産運用をするプロの人材が必要不可欠だった。

このクラブを世界に展開させることをバリーは考えている。そのためには資金が必要だ。その資金をひねり出すためにはバリーの資産運用が必要になる。

年に数十億円程度の運用益が出れば、この構想を円滑に推進できる。遠い道を目指すのだ。途中で様々な経費がかかるのは当然のこと。

そのためには息切れのしないやり方が必要。何としても能力のある専門家に資産運用をさせる必要があった。そのことに苦慮していたバリーには、資産運用に習熟している若いジェラルドの出現は、まさに天祐《てんゆう》（天の助け）にも等しかった。

二人は翌朝、互いの手を固く握りしめ再会を約束して別れた。

その夜のこと、バリーは自分の部屋で勉強をしているジニーを書斎に呼んだ。

最近のジニーの振る舞いにバリーは違和感をおぼえている。クリスを失ってからというもの、ジニーの様子がおかしい……。

彼女に備わっていた天真爛漫《てんしんらんまん》さが、天使のような笑みが、あの日以来消えてしまった。

時々何も手につかない様子で、ただぼんやりと遠くを見ていることもある。

そういうジニーを見ていると、

(キャプテンの死には、自分も関係があるんだ……)

そう思い込んでいる節《ふし》を、バリーは感じることがあった。

あのクリスの衝撃的な最期の一部始終を十二歳という歳で目撃していたのだ。深い心の傷を負っていたとしても不思議じゃない。

(思っていたよりも早く、クリスのことについて話す必要があるようだ……)

そう思って、バリーはジニーを書斎に呼んでいた。

「この話しは今夜限り。これからもう二度と話すことはない……」

バリーはそう前置きをして、彼の妻ヘザー、娘キャシーの悲しい話を含め、クリスの歩いてきた人生について、事細《ことこま》かに語り始めた。

書斎の柱時計が時を知らせる、ボーン……、という音を十回打った。

クリスの家から連れてきた三匹の子猫たちも、ジニーの寝室で寄り添って、もう仲良く眠っていることだろう。

外は月明かりで庭の木々が浮き上がるように見え、広い庭は耳鳴りがするような静寂《せいじゃく》に支配されている。

ジニーはうつむいて、静かに話すバリーの低い声に耳を傾けていた。

やがて妻のヘザー、娘のキャシーの悲しい話にさしかかると、涙がジニーの頬を伝い落ちてきた。

そして三十分後、バリーは静かに語り終えた。

それまでうつむいて話を聞いていたジニーが、バリーの目を見ると口を開いた、

「何故キャプテンは、死ぬ時ほほ笑んでいたの……？」

この思いもかけなかったジニーの問いかけは、雷にでも打たれたかのような驚愕《きょうがく》をバリーにもたらしていた。

自分だけが気づいていたと思っていたあの最期のクリスの笑みに、まさか、小さいジニーが気づいていたとは……、それまでバリーは夢想《むそう》だにしていなかった。

と同時に、彼の鋭い頭脳はこのジニーの一言を通して、何故クリスの死後ジニーから生気《せいき》が失われたのか？　という理由を、想像する手がかりを得ていた。

彼はその確認のためジニーに聞いた、

「君はどう思ったんだい、あの最期の時のキャプテンの笑みを見て……？」

彼女からの返事はすぐに返ってきた。

「あたしは、ずっとキャプテンの重荷になっていたの……。だからその重荷がとれてようやくキャプテンが自由になったように見えたの。重荷になっていることは分かっていた。だからこれ以上の重荷になってはいけないって、ずーっと頑張ってきたつもりだったんだけど……」

ここまで話すと、彼女は唇を噛みしめるように一拍置いた。そしてつづけた、

「あたしという重荷からやっと解放されて、浮かんできたのがあのほほ笑み。あのキャプテンの笑みは、そういう笑みにしかあたしには見えなかったの……」

そう話し終えると、「キャプテン、ごめんなさい……」と言いながら、ジニーは両手で顔を覆《おお》った。

ジニーの答えはバリーの想像の範囲内にあった。

責任感の強い、そして賢いジニーみたいな子は、悪いことが起きれば、決して他人には転嫁《てんか》せず、それはすべて自分の所為《せい》……、と思いこむ傾向がある。

それがまさにジニーに起きていた。

そのジニーの負の思いが、クリスの最期の笑みと接触してしまった。その結果、ジニーが話したような、クリスの意思とは真逆《まぎゃく》の思いをジニーにもたらしていた。

バリーは穏《おだ》やかに笑みを浮かべると、

「ジニー、まるで違う。君は、キャプテンの思いとは真逆《まぎゃく》の考え方をしている。君はキャプテンの重荷なんかじゃなかった。それどころか、君はキャプテンが生きるための、たった一つの拠《よ》りどころ、希望の灯《ひ》になっていたんだ……」

怪訝《けげん》そうな顔をしているジニーに、バリーは話をつづけた、

「彼は亡くなった妻と娘にした自分の非情な行為を、どうしても許すことができなかった。だからその罰として彼は生きていたんだ。言い換えれば、死に場所を求めて生きるのが彼の人生だった。そこに君が現れた。キャプテンは君の中に、娘キャシーの姿を見ていたんだよ。君は自分のことを重荷、と言ったが、それはまったく違う。君は、キャプテンの人生で唯一の生き甲斐になっていたんだ。彼の中では、君とキャシーは同じ存在になっていた。あのクジラに飛びかかる前の彼の最期の叫び声を僕はまだ、はっきりと覚えている、それは、間違いなく「キャシー……」と

いう声だった。あの時の「キャシー…　…」は君のこと。彼の娘キャシーは三十五年前に亡くなっているんだから。君を救うためにマッコウクジラにキャプテンは挑んでいった。あのほほ笑みは、君を助けることができた、そして向こうの世界でキャシーに許してもらえる、という安堵《あんど》の笑み、だった…　…、と僕は思っている…　…」

バリーは一気に、自分の考えも含めてジニーに語って聞かせた。

ジニーは途中から、また両手で顔を覆《おお》っている。その様子を静かに見ていたバリーは、自分の目に狂いが無かったことを改めて確信していた。

「パスファインダースクラブ」の次の会長には、ジニーを考えている。十五年ほどは、何とか自分が頑張ってやらなければならないが、次の会長はジニーだ。

十二歳にして、これほどの感性を持つ女性は、そう多くいるものじゃない。無論、成人してから彼女の了承は取り付けるつもりだ。

彼女が受けてくれれば、彼女ほどの適材はいない。

ジニーは乗員全員を救うために、究極の利他の心を持ち、あのマッコウクジラに挑《いど》んでいったクリスの精神的な遺産を引き継いでいる…　…、それがバリーの感覚だった。

クラブを譲《ゆず》った後の運営の仕方は、すべてジニーに任すが、自分の考えをジニーに伝えて、「女性中心社会」という考え方をこのクラブから始められれば…　…、との願いをバリーは持っている。

ジニーは、バリーの話を聞いているうちに、何度もバリーの話に符合するような、クリスとの光景に出会ったことがあった。

ある日のことだった、クリスに背を向けて食事の後片付けをしていた時、

（お前が死んだら俺も生きちゃいけないからな、気を付けるんだぞ…　…！）

と背後から、軽く声をかけられたことがあった。その時は、

(何て変な冗談をキャプテンは言うんだろう……)

ぐらいなことを思っただけ。

その時だけじゃなかった。バリーの話を聞いて、色々なキャプテンとの思い出がよみがえってきた。それらの一つ一つを思い出してみれば、バリーの話に合点《がてん》することが、他にもあったような気がする。

それまでジニーに絡まっていた、喉《のど》に小骨が引っ掛かったような、何とも心落ち着かない不快な気分は、このバリーの話で遠くへ行ったようだ。

(明日からはまた勉強に集中できる……)

そう思いながらジニーはベッドに入った。

しばらく経つと、安心したかのような小さな寝息が、ジニーのベッドから聞こえてきた。バリーの話が、どうやらジニーを穏《おだ》やかな夢の世界へと送りこんだようだ。

窓からさしこむ青白い月の光が、そのジニーの寝顔をやさしく見守っている。

バリーとの間にあった、ホンのわずかな隙間《すきま》が先ほどの話の後に、完全に埋められたことにジニーはまだ気づいていない。

それはジニーの百パーセントの信頼をバリーが得たことを意味し、それこそがクリスがバリーに望んでいたことでもあった。

書斎の柱時計が、ボーン……、という音を十二回打った。

終章　黄昏《たそがれ》

人口約八十万人の街シアトル。

西岸海洋性気候に位置するため冬でも雪の降る日は、他の地域に比べると格段に少ない。が、十二月のその日は珍しく空からは弱い雪が落ちていた。

週日の昼下がりだった。その弱い雪の中をバリーは傘もささずに、焦《こ》げ茶色の外套《がいとう》の襟《えり》を立ててロッド・スタイナーの家を訪《おとず》れていた。

息子のジェラルドは工場に働きに出かけ、孫娘二人は保育園と小学校に行っている。ジェラルドの妻、アシュリーは近くの店でパートタイマーとして働いていた。

狭い家だがこんな状態だと、さすがにガランとした雰囲気《ふんいき》を醸《かも》し出す。

その中でロッドは、慣れた手つきでバリーにコーヒーを淹《い》れていた。そのコーヒーを啜《すす》りながら、先ほどからバリーとロッドは向かい合って話し込んでいた。

クリスが亡くなってから、二ケ月ほどが経とうとしている。

クリスの最期の様子も話しておきたかったし、ロッドの体調のことも気になっていた。何よりも常に泰然としているロッドに無性に会いたくなった、という気持ちもあった。

クリスの最期を想うと、何かしら整理できずに心が泡立つ気持ちを、未《いま》だに抑《おさ》えられないでいる。その心にけじめを付けておきたい、という気分も抱《かか》えていた。

バリーの心が大事な変化を迎える時、いつもロッドが寄り添っていてくれた。

体調の件については、まったく心配するような状態ではなかった。

バリーが頭の片隅で、ホンの少しだけ推測していたように、息子のジェラルドと面談させるために、体調不良の口実を作って息子を代理で葬儀に参列させたようだ。

そのことをロッドは、豪快に口を開けて笑いながら隠そうともしなかった。

常に先を見ながら手を打ってくる繊細《せんさい》なロッドが、時として些末《さまつ》なことを気にしない、こういう磊落《らいらく》な姿を見せることがある。こういうロッドもバリーは嫌いじゃない。

一度だけの人生を相も変わらず楽しみながら、ペースを変えることもなくロッド・スタイナーは、清貧《せいひん》の中で悠々自適《ゆうゆうじてき》に生きていた。

執着するものを持たなければ、心配することは何もない。これほど楽な生き方はない。

そのロッドが、マッコウクジラに挑んでいったクリスの最期の様子を詳しく聞いていた時、ゆっくりとポケットからハンカチを取り出すと顔を覆《おお》った。

そのままの姿勢でロッドはバリーの話を聞きつづけていた。

ロッドはクリスの人生の目撃者なのだ。

クリスが投資銀行で辣腕《らつわん》をふるっていた時、妻と娘を死に追いやったと言いながら、白色に変わった髪の毛を抱えて涙ながらに告白した時、そしてニューヨークを去る最後の日、夕陽に向かって、左手をひらひらさせながら去って行った時のあの姿。

ロッドはクリスの季節の変わり目を共に過ごし、その殆《ほとん》どを、まるで昨日のことのように鮮やかに覚えている。

そのクリスが、ジニーという女の子を救うために、無謀な闘いをマッコウクジラに挑み命を散らした、という。

その話から伝わってくるクリスの心情、それは業火《ごうか》で焼かれるような苦しみ、そして妻と娘に対する深い贖罪《しょくざい》の思い……。

それらの苦痛や悔恨がロッドには手に取るように感じられる。

あの日、夕陽に向かって歩き去った後のクリスの人生では、その二つの重荷を背負って歩くしか道はなかったのだろう。

そのクリスの心情を思うと、ロッドにはハンカチで顔を覆《おお》うしかなかった。

バリーの話が、クリスの最期に浮かんでいた笑みに及ぶと、それまで小刻みに震えていたロッドの肩の震えがピタリと止まった。

そして突然ハンカチを顔から離すと、涙塗《なみだまみ》れの顔をバリーに向けて、強い口調で確認してきた、

「本当にクリスは、笑みを浮かべていたんだな……！」

バリーは即答した、

「間違いない、ジニーも見ている！」

この瞬間、ロッドの心の奥底に居座《いすわ》っていた、

「まるで壊れたおもちゃを見るような目で娘を見ていた……」

という、クリスの告白した言葉が跡形もなく氷解していた。この言葉は、ロッドの心にもこびりつき、長い間居座りつづけていたのだ。

（やっと、クリスは自分を許すことができたんだ……！）

クリスの最期の笑みを通して、ロッドの心には、その思いしか浮かんでこなかった。

ロッドは知っていた、キャシーはとっくの昔にクリスを許していたことを。ただクリスが自分を許さなかっただけ、なんだということを。

そしてそのバリーの話はロッドにも、言いようのない安らぎをもたらしていた。

あのクリスから告白された非情な言葉は、経験豊富なロッドでさえも消化できず、彼の心の襞《ひだ》の奥で居座りつづけていたからだ。

クリスとロッドの精神的なつながりは、バリーのそれよりも遥《はる》かに深い。クリスの気持ちの動きを、ロッドは的確に理解していた。

「良かった、クリスはジニーを救ったことで、ようやく幸せになれたようだ……」

と、小さくつぶやいた。

久しぶりに、本当に久しぶりにロッドの心に、澄んだ秋の、あの高く青い空が戻ってきたような心地《ここち》がしている。

ロッドは改めて、自分のクリスに対する今の思いをバリーに語った。

ロッドのクリスの行動に対する思いは、大筋ではバリーの思いと、さほど変わりはなかった。だがクリスを理解するその深さにおいては、まったく次元の異《こと》なる深さだったことを、バリーは思い知らされていた。

そして、ロッドの、

（ジニーを救ったことで、ようやくクリスは幸せになれたようだ……）

という、最後の小さなつぶやきが、バリーの胸を激しく衝《つ》いてきた。

そこまでの思いにバリーは至っていなかったからだ。が、言われてみれば、まさにその通りだった。

クリスの最期に浮かべた笑みが、そのことを如実《にょじつ》に物語《ものがた》っている。

バリーの中にあった、あの言いようのない泡立つ気持ちは、完全に姿を消していた。

ロッド・スタイナーの深い洞察力が、またバリーを救ってくれたようだ。

ニューヨークに帰ったバリーは精力的に「パスファインダースクラブ」設立に向け動き始めた。組織を作るという作業は、バリーが若い時にやってきた仕事。何の雑作《ぞうさ》もない。間もなく、バリーの求めに応じてジェラルドも加わってきた。

「女性中心社会」の考え方を、このクラブに根付かせたい、と、話すとジェラルドは目を輝かせた。

彼もまた、多くの欠陥《けっかん》をさらけ出し、制度疲労を起こしている「男性中心社会」のシステムは現状にはそぐわない、と感じていたからだ。

バリーはこの時のジェラルドのコメント、

「でも大変なことですね。この変更は、太陽を西から上がらせるようなものだ……」

を通して、彼が正確にこの問題の重さを捉《とら》えていることに安堵《あんど》していた。

もしこの問題を真正面からとり上げれば、ジェラルドが言うような大変な困難が待ち受けているだろう。バリーたちの手に負えるような、そんな簡単なことじゃない。

バリーの思いは、このクラブを長期にわたって円滑に運営するために、「女性中心社会」という考え方を採用するだけ。

最終目標は自然と共存し、「子供たちの未来を守ること」にある。

それ以外のことは、例えそれが人間にとってどんなに重要なことであったとしても、バリーにとっては、どうでもいい枝葉末節《しようまっせつ》のこと。

資産運用に於《お》けるジェラルドの仕事ぶりは、ロッド・スタイナーには申し訳ないが、かつてのロッドの、二倍ほどの働きに相当するような、鋭い頭脳の切れ味を見せていた。

バリーにとっては、まさに天に感謝する思い。

取りあえず本部はニューヨークに置くが、近い将来国際機関が蝟集《いしゅう》している、スイスのジュネーブに移すつもりでいる。

反応は悪くない。多くの人々が「パスファインダースクラブ」の意義に賛同してくれている。だがバリーもジェラルドも、人の心理を読むことにおいてはプロだ。ある程度の賛同者はすぐに集まることは織り込み済み。問題はそこから先。長い道が待っている。

ジニーはあの夜、クリスの話をしてからは、かつての笑顔と天真爛漫《てんしんらんまん》さを取りもどしてくれている。

学業の方もクリスのおかげで、複数の科目で飛び級になるほどの成績を得ている。

今では、バリーとジェラルドの仕事に深い興味を持ち、夏休みや冬休みには手伝いたい……、と自《みずか》ら言ってくるほど。

バリーの構想は、順調にその裾野《すその》を広げつつあった。

光陰《こういん》矢の如《ごと》し……。

クリスが逝《い》って、あっという間に二十年の星霜《せいそう》が流れ去った。

一言《ひとこと》では、とてもじゃないが言い表せない、様々なことが次から次へと通り過ぎていったこの二十年だった。

バリー・ウェストンはまだ生きている。

二十の年輪を、さらにその老いた体に刻み込み、今年で八十七歳を迎えた。体も一回り小さくなり、頭も雪を頂いたように真っ白に変わった。

子供たちを待ち受ける色褪せた未来を思うたびに、焦燥に身を焦がされながら生きてきた歳月だった。

老いた体にそういう思いを日々抱いて過ごせば体に良いはずがない。何度も体調不良に襲われた、あの詩を思い出すまでは。

ある日突然、バリーは亡き妻が投資銀行で忙殺されていた頃の彼を見かねて、口ずさんでくれた一つの詩を思い出した。

「疲れたら休め、彼らもまたそう遠くへは行くまい……」

誰の詩だったのか、今ではもう覚えてもいない。だが、この詩を思い出した瞬間、また妻に救われた……との思いがした。

この詩を思い出さなければ、バリーはここまで長生きをすることはなかっただろう。

言葉は人の心。時として人の生き死にまでを左右する。

それにしても、こんなにも長生きするなどとは……、さすがのバリー・ウェストンにも予測はできなかった。だが長生きすると、ごくたまにいいことに出会えることもあるようだ。

それはジニーの十八歳の誕生日。

いつものようにジニーが、ケーキのろうそくの灯《ひ》を吹き消そうとした時のこと。

ジニーが不意に真剣な眼差《まなざ》しでバリーの顔を見つめ、そして唐突に言った、

「今からおじさんのこと、パパって呼んでもいいですか……？」

と。あまりにも突然のことだった。

子供に恵まれなかったバリーは、一度はジニーにそう呼んでほしい……と、かつては思ったことがある。

だが強い絆《きずな》で結ばれていたクリスでさえ、「キャプテン」止まりだった。

そのことを、バリーから言い出すわけにもいかない。それは「果たせぬ夢」と、彼は諦《あきら》めるしかなかった。

だから、ジニーのその言葉を聞いた時、バリーは一瞬、何を言われたのか……？　と戸惑《とまど》い、茫然《ぼうぜん》として、まるで自分の周《まわ》りだけ、時が止まったかのように思えた。

次の瞬間、バリーにも予測できなかった幾筋もの涙が、彼の頬《ほお》に伝い落ちてきた。

それがジニーの願いに対するバリーの返事。バリーの涙を見ると、ジニーもたまらずに大粒の涙を流していた。

パパ…　…！、と誰かを呼ぶことは、誰にも話したことのない、父親を知らないジニーだけの小さな秘密、そして幼い頃からの夢にまで見た願いだった。

その願いが、ようやく叶《かな》えられたこの瞬間、ジニー、バリー、二人は共に涙を流して抱き合っていた。

二人には、それぞれに涙を流すだけの理由があった。

ジニーの十八歳の誕生日は、バリーの長い人生でも幾日もないような、そんな喜びに満ちた日を贈ってくれたような気がする。

バリーはまたジニーを連れて時々、トーマスとマックの船「クリス号」に乗船して、キャシーと出会えた海域に行ってみた。

マックは結婚して、今は三人の子供に恵まれている。トーマスは相変わらずの独り身で、マックの家族と共に、子供たちからは、「おじさん…　…」と呼ばれて暮らしている。

三度ほど、あの海域に行ってみた。船縁《ふなべり》をいくら叩いてもキャシーが姿を見せることはなかった。不思議なことに、トーマスとマックも、あの日以来、キャシーと出会えたことは一度もないという。

(クリスとキャシーは心が通じ合っている…　…)

バリーはそう思っていた。どうやら、その思いは正しかったようだ。キャシーにはクリスだけが心を許せる相手だったのだろう。

クリスの眠っている場所にはキャシーがいる。クリスも寂しくはないだろう。

寂しいのは、

（むしろまだ生きている自分の方かもしれない……）

そうバリーは思っている。クリスの存在が如何《いか》に大きかったのか、この二十年の間、嫌と言うほどに彼は思い知らされている。

時々、居ても立っても居られなくなるほどに、クリスと話をしたくなる時がある。

そんな夜など、よくベランダに出て満天の星を眺めている。クリスと船上で他愛のない話をしながら何度も見た、あの圧倒的に美しい星空を思い出しながら……。


八十七歳を迎えた彼は、今ニューヨーク郊外の高台にある、何《なん》とかという長い名前の療養所で、車いす生活を送っている。体《てい》のいい老人ホームだ。

広い屋敷より、こじんまりとしたこういう施設の方が、気持ちが落ち着けるし体も楽。

そう思って、自分の意思で住《す》まいを移した。

最近は便利な電動車いすが開発され、指を少し動かすだけでどこにでも安全に連れて行ってくれる。一人を好むバリーには、看護師が押してくれる昔の車いすは煩《わずら》わしかった。今は一人で療養所の敷地内なら、好きな所に、いつでもどこへでも行ける。

ジニーに託した「パスファインダースクラブ」は幸いにして、サイレントマジョリティー（沈黙の大多数）の賛意を得て、さらに拡大する動きを見せている。大学も来年には設立できる見通しだ。

若い母親たちに子供連《づ》れの参加を呼び掛けているので、多くの子供たちも集まってくれている。この動きが他の分野にも広がってくれることをバリーは切に願っている。

「人間の権利を侵害して、他の生き物たちと共存するなどとは、人間の権利をどう考えているんだ、けしからん…

…」

などと環境破壊の元凶になっている輩《やから》が、文句を言ってくることも度々《たびたび》ある。そう言う輩《やから》は相変わらず男が中心、そして長い時間が経過しても一定数を占めている。

（人間とは何と学ばない生き物なんだ……）

と、つくづくバリーは思い知らされている。

ジニーは持って産まれた才気を存分《ぞんぶん》に発揮して、ロッド・スタイナーの二人の孫娘たちと共に期待以上の働きをしている。

二年前に、三十歳をジニーが迎えた時に、「パスファインダースクラブ」の会長職をジェラルドから引き継いだ。

ジェラルドは七年前に、バリーが八十歳になった時、会長職を一時的にバリーから預かっていた。当時、二十五歳のジニーはまだ若すぎたし、バリーは歳をとり過ぎていた。

ジェラルドが一時的に会長職を務めるしかなかった。

ジェラルドは今年五十三歳という脂《あぶら》の乗り切った働き盛り。会長職はジニーに譲《ゆず》ったが、縁《えん》の下の力持ちであるジェラルドの存在なしには、組織の運営に困難を生じる。

が、それも後《あと》三年。三年もすればジニーが「パスファインダースクラブ」の会長として、どんな問題に直面しても矢面《やおもて》に立てるだろう。

それほどの成長をジニーは見せている。

それから先は、少し楽ができる……、そう思いながら、ジェラルドはジニーを補佐し、彼女の成長を見守っているようだ。

だが、今までの道のりが常に順風に乗っていたわけじゃない。深刻な挫折も何度かあった。が、そんな時、バリーの脳裏に必ず現れたのが、クリスの最期の姿。

どんな深刻な悩みや苦しみを抱《かか》えていても、あの時のクリスを思うと、どうということのない問題に思えるのが不思議だった。

クリスに助けられてここまで来た、と言っても過言じゃない。

今、バリーが気にしていることは、今年三十二歳になったジニーの結婚。

「もういい加減、結婚を考えなさい…　…」

と、バリーは折りを見て言うのだが、

「あたしは、パパの希望と結婚したの…　…」

と、返される。そのたびにバリーは顔をしかめている。

ジニーは余計なことは言わない。話す時は、首を傾《かし》げて次の言葉を思案しているような話し方をする。あと少し時が経てば、その話しようにも丸みを帯びてくることだろう。

そのジニーがバリーの意に沿うような返事をするのだ。嬉しくないはずがない。それが顔をしかめる理由だった。

男と競争し肩ひじを張って生きている、男勝《まさ》りの多くの女性をバリーは見てきた。そういう女性はすでに男に負けている…　…、とバリーは密《ひそ》かに思ったものだ。

女性の特質を正しく理解し、自己研鑽《じこけんさん》を日々怠《おこた》らない女性こそが、性別を越えて尊敬される存在…　…、そう考えてバリーはジニーを教え育《はぐく》んできた。

そしてジニーは今も尚《なお》、さらなる内面の美を磨く女性へと進化をつづけている。

クリスとの約束は守った。バリーから見ても、ジニーは素晴らしい女性に成長した、そしてその成長は今もつづいている。

クリスとの約束は、(ここまで……)、と、まだ歩行に支障がなかった、前回クリスの墓参りに行った二年前に、彼にはそう告げた。

この歳になればもう重い責任からは解放されたい……。

そして子供たちの未来を守る希望は、すべてジニーとその仲間たちに託された。

五十年後も尚《なお》、豊かな自然の中で、子供たちの笑みがこぼれる社会をバリーは夢見ている……、その夢が正夢になることを祈りながら……。

環境問題に関しては悪化が継続している。人口もつい先日、百億人を越えたらしい。


だが、八十七歳になったバリーにとっては、もうすべてがどうでもよくなっている。この歳になれば、担《かつ》いできた荷物は下《お》ろしたくなるもの。

「人間、死ぬ前にはみんなそうなるらしい……」

ある時、先に逝《い》った友人に潜《ひそ》み声で、そう囁《ささや》かれたことがある。それがようやく分かるようになってきた。

厚いベージュのカシミヤのセーターを着て、下半身を暖かそうなひざ掛けで覆《おお》われたバリーは、車いすを療養所の裏手にある丘の上まで動かしてきた。

ここからは療養所に上がってくる道を、一望に見わたすことができるし、地平線に沈む夕日を眺《なが》めることもできる。

バリーは先ほどから、皺深《しわぶか》い顔に埋まったような小さな目で、宙に浮かぶ一点をじっと見つめている。

そこには遠くに過ぎ去った、セピア色に染められた道が浮かび上がっていた。

若さにまかせて奔放《ほんぽう》に生きていた日々があった。

その中で、人はそれぞれに悩み、苦しみ、後悔し、たまには心浮き立つような思いを抱《いだ》きながら生きていた。

手に唾《つば》を付け、高嶺《たかね》の花を取りに行くような無分別《むふんべつ》なことをしたこともあった。心が引き裂かれそうになるほどの、辛い別れに出会ったこともある。

そういう目が眩《くら》むような日々も、いつしか黙って目の前を通り過ぎていった。

やがてその季節は、時がくれば夏祭りの終わりのように、踊っていた人々も三々五々と立ち去り、まるで何事もなかったかのように、物悲《ものがな》しく終わりを告げる。

去りゆく人それぞれも、二度と交《まじ》わることのない道へと歩いて行く。

人生とは、そういう季節の繰り返し。

バリーはまだじっと見ている。

二十年前にクリスは逝《い》った。ロッド・スタイナーは半年前に旅立った。

人の死は、「散る桜、残る桜も散る桜」という句の通り。

ロッドの死がバリーに深い悲しみをもたらすことはなかった。

そして今、バリーにも一つの季節が終わることを知らされている。

未練が一つだけ、バリーのガランとした心の部屋に残されていた。

それは、クリスと初めて出会った時のように岸壁に立ち、鈍色《にびいろ》の海を見ながら、あの時と同じように懐かしい潮騒《しおさい》の音を聞くこと。

あの潮騒《しおさい》の音を聞いた時から、この季節が始まったような気がする。

ジニーには、あの鈍色《にびいろ》の海へもう一度連れて行くように……、と頼んでいる。数日以内に来るとは言っていた。が、三日目の今日になってもまだ来ない。

この丘の上へつづく道を、ずっとバリーは見ている。

さきほど地平線の向こうに夕日が沈み、朱鷺色《ときいろ》の残照が、西の空を燃えるように染めていた。が、それも消え失せた。

ジニーの代わりに今日も、薄闇《うすやみ》を連れて黄昏《たそがれ》が来てしまった。

周《まわ》りの空気がいつしか冷《ひ》え冷《び》えとしたものに変わり、夕闇もさらに濃くなっている。

(間に合わないかもしれない……)

そう独《ひと》り言《ご》ちながら、あと五分だけ待つことにした。

ひざ掛けにくるまれたバリーの足もとに、晩秋の冷気が音もなくしのび寄ってきた。

完

書評

「海からの呼び声―副題シャチと老船長の物語」に係る書評

藤女子大学名誉教授　新井良夫

作品における大きなテーマは一見したところ、環境破壊、気候変動という今までの作品とそう大差はない様に思える。然しながら、本作品は今までの作品とは多少趣を異にして、著者自身の信条及び心情が、作品内の各所に色濃く表現されている。

その点において、本作品は児童文学の範疇からは外れているようにも見える。しかし文学作品としては、さらにその上の輝きを放っているように私には思えた。

「男性中心社会」と戦争との関連。「終末時計」と気候変動との関連。「環境破壊」と産業革命との関連、等々にも鋭く著者の筆は切り込んでいる。

その結果として、今まで以上に含蓄のある作品に仕上がっている。上記の関連性に、簡単には否定できない強いものが含まれているからだろう。

作品の中で、特に気を惹かれたのが次の二つの箇所：

「もし気候変動にかかる終末時計を人間が使うことができれば、それに向かい合う勇気を、少しだけでも大人が持てれば、子供たちの未来に希望が生まれるかもしれない……」

という一節。だが著者は、これはシャボン玉のように儚い願望、と即座に切り捨てている。

気候変動が深刻化する現状に至っても、尚、動くことのない、または動けない人間の心理に鋭いメスを入れている。

もう一つが、「小さな幸せは、そこかしこに、手の届くところに落ちている誰にでも拾えるもの。物欲のせいで、誰も見向きもしないだけのこと……」という一節。

人生の何気ない小さな真実を、著者は読者にも何気なく伝えたかったのかもしれない。

作品終盤においては、戦争は「絶対悪」と例示され、「それでいいのか……」との強烈なメッセージが読む者に対して発信されている。

人間は多くの矛盾を抱えて生きている。それが世の中を不安にさせている。この作品はその大きな矛盾の一部を焙り出した作品……、とも言えるのかもしれない。

変化の乏しい日常生活において、深く考えないことに慣れた私にとっては、ハッとして気づかされるものがこの作品には多く含まれているようにも感じられる。

如何なる思想においても賛否両論は必ずあるもの。

私に関していえばこの作品は私の本棚には、なくてはいけない作品の一つになっている。

二郷半二
大手総合商社、大手重工メーカーを退職後、貿易会社を経営しながら複数の一部上場企業及び海外官庁のコンサルタントを兼任する。
海外生活はカナダでの社会人生活を含め、ヨーロッパ及びアジア五か国以上での豊富な生活体験を有する。
2008年以降は仕事をコンサルタント及び現地エージェントに特化し現在に至る。

【著書】

1．裏金（2015年）国際競争入札の内幕を扱った経済小説―実話に基づく
2．修羅の大地（2016年）国際随意契約の内幕を扱った経済小説―実体験に基づく
3．歌舞伎町四畳半ものがたり（2017年） 実話を基にした人情小説
4．エターナルバーレーの狼（2019年7月15日出版） 児童文学
【（社）全国学校図書館協議会「選定図書」】
5．狼犬《おおかみいぬ》・ソックス（2021年1月4日出版） 児童文学
6．北極熊《ポーラーベアー》ホープ（2021年11月30日出版） 児童文学
【（社）全国学校図書館協議会「選定図書」】
7．森の王灰色熊《グリズリー》リーズ（2023年4月12日出版） 児童文学
8．静かな少年とクズリの物語（2023年12月4日出版） 児童文学
【（社）全国学校図書館協議会「選定図書」】

海からの呼び声 －シャチと老船長の物語－
2024年9月18日 第1刷発行

著　者――― 二郷半二
発　行――― 日本橋出版
〒103-0023 東京都中央区日本橋本町2-3-15
https://nihonbashi-pub.co.jp/
電話／03-6273-2638
発　売――― 星雲社（共同出版社・流通責任出版社）
〒112-0005 東京都文京区水道1-3-30
電話／03-3868-3275

ISBN 978-4-434-34461-9